「は……あっ……」
「可愛い声を聞かせてくれ」
「か、可愛くなんか……ないっ！　あっ！」
固くなった胸の蕾に爪を立てられて、
痛みだけではない甘い衝撃に思わず声が出る。
JN265852
Illustration／TAISHI ZAOH

プラチナ文庫

~学園エンペラー~
愛してみやがれ!!

みさき志織

"~Gakuen Emperor~ Aishite miyagare!!"
presented by Shiori Misaki

プランタン出版

イラスト／蔵王大志

目次

※本作品の内容はすべてフィクションです。

1

深い針葉樹《しんようじゅ》の森。白い城壁と青いとんがり帽子のお城。

その玉座《ぎょくざ》の間。高い天井まである黄金の扉を少年は両手で押し開いた。

その白い横顔はきりりと秀麗《しゅうれい》で、大きな瞳は黒曜石《こくようせき》の輝きをきらきらと宿《やど》し、真《ま》っ直《す》ぐに前を見る眼差《まなざ》しは意思の強さを感じさせる。

ここまで走ってきたのだろう。白い頰《ほお》は薔薇色《ばらいろ》に上気《じょうき》し、赤い小さな唇は「はあ……」と小さく息をつく。その顔を縁取《ふちど》るのは見事な黒髪。腰ほどの長さがあるだろうか、艶《つや》やかでクセのない黒い滝のような流れは、藤色のブレザーに包まれた背に揺れる。

そう、少年の小柄な身体を包むのは、中世の城にはおよそふさわしくない、制服。上はブレザーで、下はチェック模様のパンツ。

扉からは一直線に赤い絨毯《じゅうたん》が敷かれていた。その先の階《きざはし》の上には、しかし玉座ではなく棺が飾られている。透明なガラスの棺《ひつぎ》だ。

横たわるのは、色とりどりの春の花に囲まれた、白い薔薇の花冠を被《かぶ》った少女。白いレースをたっぷりと使ったふんわりとしたドレスを着ている。

それに誘われるように、少年は棺に歩み寄ろうとし。

「どうやら、この玉座の間にたどりついたのはお前だけのようだな」

広間に朗々《ろうろう》と響く男性的な美声。少年は足を止める。

「しかし、見かけない顔だ。今日、転校生が来ると聞いていたが、ひょっとしてお前か？」

ガラスの棺に横たわる美少女の足下。その棺に腰掛けている黒い塊《かたまり》がある。いや、頭からすっぽりと黒いマントを被った、おそらくは男。まるで死神のような。

ばさりとマントを脱ぎ捨てて立ち上がる。かなりの長身だ。百八十センチは越えて、百九十近くあるだろうか？

見事な体軀《たいく》。黒いマントの下は、西洋の騎士が着るようなこれまた黒い甲冑《かっちゅう》を着込んでいる。その上からでもわかる広い肩幅、厚い胸板に見事に引き締まった腰に長い足と、男性美とはかくありたいという姿だ。

「ああ、そうだ。初日でこんな馬鹿騒ぎにつきあわされて、呆《あき》れたぜ。さすが、おぼっちゃまの考えることはわからねぇ」

少年が答える。

男が形のよい口元を歪《ゆが》め、「ふ……」と笑う。少年を見据える瞳は切れ長で、その黒い瞳の色は深い。眼差しが鋭《するど》すぎて、見つめられただけで怯《ひる》む者もいるだろう。それこそ、ジャングルの真ん中で虎《とら》に出会ったような気分で。

「名前はなんという？」

「人に名前を尋《たず》ねる前に、自分がまず名乗るべきだと思うがな」

しかし、少年は平然とその男を見返す。男は少年のその態度に目を見開く。自分にこんな反応を返した者は初めてだと言わんばかりに。

「私の名前は、獅子帝王《ししていおう》」

「獅子？」

「ああ、獅子はライオンの獅子だな。帝王は、そのまま王という意味だ」

「………」

よっくまあ、こんな恥ずかしい名前を堂々と名乗れるものだと、少年は内心呆れた。

しかし、目の前で獰猛《どうもう》な笑みを浮かべるこの男には、似合っていると思う。

顔立ちはすこぶる端整《たんせい》だが、その醸《かも》し出す雰囲気は傲慢《ごうまん》というか不遜《ふそん》というか、とにかく、世の中、宇宙から見下ろしてますふうなのだ。

いや、この場所はまさしく宇宙にあるのだが。

「俺の名前は、高円寺《こうえんじ》馨《かおる》」

ごく、あっさりと少年は自己紹介した。

「そうか、馨か」

「その名前で俺を呼ぶな！」

「ん？」

「下の名前で呼ぶなって言ってるんだよ！　俺の呼び名は高円寺だ！　それ以外はねぇ」

帝王と名乗った男は階から降り、歩み寄ると、口を開いた。

「馨」

「その名で俺を呼ぶなって……」

「私の愛人になれ」

叫びかけた馨は、「は？」という顔つきで固まった。

「愛人っていうのは、いわゆる二号さんとか三号さんとか、妾《めかけ》とか、そういう意味か？」

「そうだ」

帝王はきっぱりと答えた。あまりに堂々としているので、馨は彼がその言葉の意味を誤解しているんじゃないかと疑いたくなる。

「……ここは男子校だよな？」

「なんだ、そんなことも知らないで、ここに転校してきたのか？　私立桜花《おうか》学院は、日本政府の認可を得た私立の男子校だ」

そう、ここは男子校だ。在籍している奴はみんな男のはずである。

「ということは、俺もお前も男ってわけだよな？」

「少なくとも、私のＤＮＡはＸＹだ。それとも、お前はＸＸとでも言うのか？　それならそれでかまわないが」

「かまわないって、お前、女も……」

「私の性的嗜好《せいてきしこう》は完全なヘテロというわけではない。が、完全なホモでもない。いわゆるバイだな、バイセクシャル。両刀だ」

「……黙れ、ケツの穴野郎」

馨は低くうなるような声を出した。変声期はとっくに過ぎたはずなのに、少年のようなこの声では、なんとも威力《いりょく》が出ない。

前の身体ならば確実に、闇夜《やみよ》に会った猛獣並みの迫力満点の声が出せたというのに。

「ケツの穴野郎とはどういう意味だ？」

帝王が意味がわからないという顔で聞いた。自分がとんでもない罵《のの》り言葉を投げつけられているとは、まったくわかっていない顔で。

「ケツの穴はテメーらの専売特許だろうがよ！」

馨はニヤリと剣呑《けんのん》に笑う。帝王を燃えるような瞳で睨《にら》みつけ。

「このホモ野郎！　その薄汚れた口で、この俺様に金輪際《こんりんざい》『愛人になれ！』なんて抜かすな！　今度抜かしやがったら、その唇そぎ落として、赤ん坊の小指ほど小さくて使い物になんねぇテメーの×××くわえさせてやる！　わかったか！」

中指を立てて「ファキンマザー！」とまで叫べば、わからない奴はいない。

啖呵《たんか》を切った馨に対し、帝王は怒気《どき》に顔を歪めることもなく微笑《ほほえ》んだ。

「上等だ」

ただし、その笑みは獰猛な肉食獣のそれであったが。まさしく、獲物に襲いかかる前の猛禽《もうきん》のごとく剣呑な。

「この私にそこまでの口を利《き》いた者は初めてだ。なかなかに新鮮だが、これでもじゃじゃ馬慣らしは得意でな。私に調教されてなお、その口が利けるか、試《ため》してやろう」

「調教だと!?　鞭持ってピシピシのお馬さんゴッコに、こっちはつきあう気なんてねぇよ！　ホモでバイの変態の上に、サドかよ！　このド変態！」

怒りのテンションがマックス振り切れの馨は、絶好調でぶいぶい言わす。

「お前のような暴れ馬には、鞭などという生優しいものが効《き》かぬのは百も承知だ」

帝王はさらにさらに不敵に笑う。ふふふ……と悪の魔王よろしくの重低音で。

大股で広間の壁に歩み寄り、そこの壁にクロスする形で立てかけてあった剣を手に取る。

片方を馨に放ってよこし。

「かかってこい！」

「そりゃ俺の台詞だ！」

二つの剣がぶつかる。一撃、二撃、三撃。左右に振り回すような、馨の矢継ぎ早の打ち込みを、帝王はことごとく受け止めた。

「やるな！」

「そっちこそ、変態の割にな！」

「変態は余分だ！」

「変態を変態と言ってどこが悪い！」

これはどうだ⁉　とばかりに馨は、深く身を沈《しず》めて足を払う。

が、帝王はそれにも瞬時に反応した。

定番なら後ろに飛び退くところだが、この男は剣を床に突き刺すようにして馨の両手の払いをがっちり受け止めた。片手一本でだ。

その剣を跳《は》ね上げ、馨の上体を起こしてから、今度は帝王から打ち込み絡《から》ませる。ぎりぎりと火花を散らす二つの刀身と同じく、二つの顔が近づく。

「臑《すね》を狙《ねら》うとは卑怯《ひきょう》だな」

正当な剣法ならば、剣道だろうとフェンシングだろうと、確かに足を狙うのは反則だ。しかし……。

「こいつはルール無用のサバイバルゲームだろう？　実戦の勝負に卑怯もへったくれもあるものか！」

不敵にニヤリと笑う馨に応えるように、帝王も同じく口の端を歪める。

「その点は同感だな。戦いにあるのは勝利のみだ！」

絡め取られた剣をそのままぐっと押されて、馨は思わず一歩後ずさった。

踏ん張ろうにも完全に力負けしていると認めざるをえない。馨の身長は百七十センチ足らず、細身なのに対し、相手は身長百九十センチ近く、同じ高校生のくせして肩幅も胸板も逞《たくま》しい男の体つきなのだ。この体格差はいかんともしがたい。

そのままずるずると後ずさる形になり、しまった！　距離を取るべきだったと、後悔してもあとの祭だ。馨の内心の焦《あせ》りを感じ取ったように、目の前の顔が不敵に微笑む。

「どうした？　初めの勢いは早くも消え失せたか？」

「ぬかせ！　勝負はこれからだ！」

安易に左右に逃れさせてくれる相手ではなく、壁際まで追いつめられる。しかし、これで終わる馨ではない。

相手の鑑をしたたかに蹴《け》り上げて、飛び退く。バランスを崩《くず》しながらも、帝王は馨の逃げた軌跡《きせき》を追い剣を一閃《いっせん》させたが、しかし馨もとっさに後ろにトンボを切って逃れる。

「見事だな」

そう言ったのは帝王。馨もそれに答える。

「勝負はこれからって言ったぜ?」

♛

大型のモニターには、二人の戦う姿が映し出されていた。その前には馨と同じ制服を着た人だかりが半分と、あとは中世のおとぎ話をそのまま持ち込んだような騎士や兵士などの仮装をした少年達が半分。

ここは通称〝死体置き場〟。桜花学院恒例行事『プリンセス・クエスト』の失格者の待機場所である。

「美しい……」

と呟《つぶや》いたのは、剣を構える二人が映し出されたモニター画面を見つめるフロックコートの紳士。

「これぞ美しい決闘《けっとう》の形です。己の最高の力を出し合って闘う剣闘士達の美しいこと……」

白手袋に包まれた手で、パンパンパンと拍手《はくしゅ》を送る。

後ろで見ていた生徒達は、紳士の奇《き》っ怪《かい》な行動よりもモニターを見て、唖然《あぜん》としている。

なにしろ……。

「剣を交えて今、何分だ!?」

敗者としてモニター前の〝死体置き場〟に新たに加わった、フェンシング部の部長が輪になっている生徒達に勢いよく近づいて、問いかける。

「えーと、おい、何分だ?」

「かれこれ十分はたってないか?」

血相抱えた部長に驚きながらも、誰かが答える。

「十分……信じられない……」

フェンシング部の部長は、呆然とモニターを見上げる。

「エンペラー相手に五分ともった相手を僕は知らないぞ」

「それって、お前も?」

と指さされた部長は、「当たり前だ！」と自分が負けた事実を言っているも同然なのになぜか胸を張って、きっぱりと言う。

「だけど、君ってアジア地区のインターハイ優勝……」

「エンペラーが出場すれば、アジアインターハイどころか、オリンピックだって金メダルだろうさ」

とこれまた自分のことでもないのに、鼻息荒く答える。

「フェンシングだけじゃない、剣道だろうと柔道だろうとテコンドーだろうと、あらゆる格闘技であの方はトップクラスですよ」

そう答えたのは、意外にも二人の戦いに陶酔《とうすい》して見入っているはずの例の紳士。手に持っていたステッキを、片腕にひっかけ腕を組み。

「だいたい、エンペラーがあらゆる意味において、〝お強い〟のは、みんなの周知の事実でしょう？　あの方が負ける姿なんて想像できますか？」

問われて、ぶんぶんと生徒達は首を振る。

「じゃあ、そのエンペラーと対等に闘っているあの子って……」

「それ並にとんでもないってことか？」

「少なくとも格闘技は、だろう？」

ざわめきが広がっていく。

♛

馨は帝王の懐深《ふところふか》く踏み込んだ。ほとんど捨て身とも思えるほどの大胆《だいたん》さで。

しかし、危険を冒《おか》さなければ勝機はもぎ取れない。

帝王を甘く見ていたのも確かだ。

なんだかんだ言ったって実戦経験のないおぼっちゃま。人を傷つけるとなるとためらうに違いないと。

しかし、その切っ先は迷うことなく、馨の首筋を狙った。見事な的確さで。

さすがの反射神経で馨は後ろに飛び退いたが、しかし、鼻先数ミリをかすめた真剣にひやりとしたのは確かだ。

長い黒髪の一房が逃げ切れずに斬り落とされたが、しかし、馨にとっては髪の毛なんぞどうでもよいことだった。だから、帝王がしまったという顔で自分を見ているその表情の意味を誤解して、クスリと笑う。

「なんだよ。てめぇで斬ったのに、手元が狂ったとでも言うつもりかよ?」

あれは本気の一撃だった。殺気も気迫も十分の。

「いや、その通りだ」

「はあ?」

「髪の毛を斬るつもりはなかった。止められると思ったんだが」

床に散らばるそれを見て、残念そうに言う男に馨は噴き出し、思わず声を上げて笑う。

「なにがおかしい?」

「いや、たいした自信だよ。それだけは褒《ほ》めてやる」

手加減などしたらやられる真剣勝負で、なおこいつは馨の髪の毛のことなんか気にして、止めるつもりだったのだ。

そのくせ、容赦《ようしゃ》なくこっちの首を跳ね飛ばす勢いで、剣を向けてくるのだから。

――性格は最低だけど、腕と根性は最高だよな。

ああ、このゾクゾクする感覚は本当に久しぶりだ。対等な相手と渡り合っているという快感。

　実はこのときモニター画面の前は大騒ぎになっていた。床に落ちた馨の髪にざわざわと不安な声が広がっていく。

「うそ……本物?」

「冗談だろう!?　これはゲームだぞ!」

「だけど、あの子の綺麗な髪が……」

　そう、プリクエ用の武器はすべて、刃を潰《つぶ》した危険のないものになっているはずだった。

♛

　しかし、戦っている当の本人達は、初めっからそんなことはわかっていた。なまくらと真剣の見分けもつかないような経験と腕では二人ともない。

　それを承知で互いに剣をぶつけ合ったのだから、帝王を『とんでもねぇ奴!』と思っている馨も相当とんでもないのだが。

「おもしれぇ……」

　呟いて、己の長い髪を馨は無造作《むぞうさ》に掴《つか》む。戦いの汗で張り付いて気持ち悪い。

　揺《ゆ》るがぬ闘志そのままを表したような、炎のような瞳で帝王を見据え、唇には不敵な微笑みを……。その馨の姿に帝王も魅せられたように見つめる。

視線を逸《そ》らさず、馨はその黒髪に剣の刃を当てた。ざっくりと切り落とすと、腰まであった長い黒髪が石の床にとぐろを巻いた。

「ふう。すっきりした。うざったかったんだよ」

ぶるりと犬のように短くなった髪を一振りして、馨は言う。

「まったくお前は……」

それを息を詰《つ》めて見つめていた帝王が呆れたというように、ため息を一つ。

「なんだよ？」

「自分の価値を少しもわかっていないということだ」

「はあ？」

帝王は大胆にも剣を下げたまま、馨の足下におもむろに跪《ひざまず》いた。

こいつなにをするんだ？ と見ていれば……。

「こんなに美しい黒髪なのに、すっきりしたの一言か？」

床に落ちた一房を手に取り、口づけたのだ。こちらを、見据えたまま。

深く黒い切れ長の瞳に気持ちごと吸い込まれそうで、頭が一瞬真っ白になったのは確かだ。まるで、己自身が、その唇に触れられたような感覚さえ……。

ドン！　と扉が開かれる音に、馨は我に返った。帝王も音がしたそちらを見る。

「なんだありゃ？」

天井近くまである観音開きの扉だというのに、そいつはその上の壁の部分を頭でめりめりとぶち破《やぶ》って入ってきたのだ。ゲームの中で見るような石でできた巨人。

「ゴーレムだ。科学部の試作品だが、稼働《かどう》できるようになったとは聞いていないぞ」

帝王が冷静に馨の疑問に答える。ようするにロボットらしい。

「聞いてないって……事実動いてるだろうが！」

馨が叫んだとたん、そのゴーレムが咆吼《ほうこう》を上げて、振り上げた両手を下ろした。拳《こぶし》の狙った場所は、馨と帝王が立っている場所。二人は素早《すばや》く飛び退く。拳が打ち下ろされた石の床にひびが入るのを見て、馨は背筋が寒くなる。あれを直撃で受けたらひとたまりもない。

「これが子供の玩具《おもちゃ》かよ!?」

馨は叫んだ。いくらなんでも遊び《ゲーム》に使うには危険すぎる。

そう叫んでいる間にも、ゴーレムは長い腕を振り回して、二人同時に叩きのめそうとしてくる。そいつから器用に逃げ回りながら馨は叫ぶ。

「確かに玩具ではないな。だいたい、ゴーレムがこの広間に来るはずがない。なにかアクシデントが起こったのだろう」

「冷静に感想述べている場合かよ！　あいつをどうにかしなきゃ、俺とあんたのどちらかがぺしゃんこになるのは、時間の問題だ！」

「その両方かも知れないがな」

言い合いながらも二人の視線は、追いかけてくるデカ物をどうやって倒せるか？　と、視線を巡らし、上の天井に目を留める。

「おい！　肩貸せ！」

「確かにお前のほうが軽いな」

叫んだ馨に男がニヤリと笑う。それで、同じことを考えているのがわかった。悔《くや》しいがこいつの機転と実力は認めざるをえないだろう。こんな緊急時に、自分とおなじように冷静に周りを見て、作戦を立てられる人間がいるなど。

そのまま男の肩を蹴って、上へと飛び上がった。天井からつり下がるシャンデリアに、逆上《さかあ》がりの要領でよじ登る。

下では帝王がゴーレムの気を引いて、その鈍重《どんじゅう》な攻撃をかわしていた。馨は手に持った剣でシャンデリアを天井につるしていた鎖《くさり》を一本残して全て叩き切る。

「帝王！」

馨が名を叫べば、ゴーレムの攻撃を防いでいた帝王が、シャンデリアの下に誘導する。

馨は大きく振り下ろした剣で鎖を断ち切った。シャンデリアが落下する。

それはゴーレムの頭を直撃し、ものすごい轟音《ごうおん》と白い煙《けむり》が上がった。

馨はシャンデリアがゴーレムにぶつかる前に、それを蹴って少し離れた場所に着地していた。とたん、くらりと視界が歪む。

――――なんだ?

身体に力が入らない。どころか全身から力が抜けていく。片膝をつき、持っていた剣を杖代わりに上体を支える。

――――やば……スタミナ切れだ。

『お前さんの身体は元のマッチョマンではない。だが、脳みそのほうでは、元の馬のような体力だと思い込んでる。この場合強すぎる精神力も災《わざわ》いしておるな。つまりはこのくらいと思って無理をしすぎると、急に身体が動かなくなると、そういうこともあるかもしれないということだ』

しつこいぐらい繰り返された言葉が脳裏によみがえる。

霧がかかったような視界の中で、石を模《も》した外装のあちこちにヒビが入り、切れたコードがバチバチと青白い火花を散らすゴーレムが断末魔《だんまつま》の声を上げて、こちらに倒れてくるのが見えた。しかし、動けない。

だめだ……と覚悟を決めて、それでもスローモーションのようにゆっくりとこちらに傾《かたむ》いてくるゴーレムから、目を逸らさずにいた。しかし、力強い腕が伸びてきて、地響きを上げて倒れるゴーレムの身体の下から、馨をすくい上げた。

「おい！　大丈夫か？」

抱き上げられた腕の中、帝王が真剣な顔でこちらを見ている。

「ちょっと動けなくなった、助かったぜ」

ここは素直に礼を言うべきだろう。

「だけど、まだ勝負は続いてるぜ」

馨は手に持っていた剣を、帝王の首筋に突きつけニヤリと笑う。

「お前の負けだ」

「……のようだな」

意外にあっさりと帝王が負けを認める発言をしたのに、馨は目を見開く。悔し紛《まぎ》れに今のはナシだのなんだの、難癖《なんくせ》をつけると思ったのに。

「本当に負けを認めるんだな？」

「ああ」

確認する馨に、帝王がクスリと笑って顔を近づける。この時になって初めて馨は、自分が彼の腕にお姫様抱っこされているやばい体勢だと気づいたが、もはや指一つ動かすにもおっくうなのだ。当然逃れられない。

「いいや！　そんな勝ちは認められないね！」

響いた声に、近づく帝王の顔の動きが止まり、馨はホッと息をつく。

「葵《あおい》、なにか文句があるのか？」

帝王が振り向いた、その方向を馨も同じく見れば、階の上にあったガラスの棺の蓋《ふた》が開いており、眠っていたはずの姫君がつかつかとこちらにやってくる。

ゴーレムの騒ぎがあったというのにおとなしく寝ていたとは、かなりの根性の眠り姫だ。

「仮病《けびょう》を使って、心配して近寄ってきた相手を陥れる《おとしい》ような卑怯な戦士を、僕はプリクエの姫君として、認めることはできません！」

肩にかけたレースのケープを翻《ひるがえ》し、白い指先で、姫君はぴしりと馨の顔を指さす。

「……俺さぁ、マジでぶっ倒れそうなんだけど……仮病じゃなくて……」

悔しながら、帝王に抱きしめられるようにして支えられていなければ、立っていられないような状態なのだ。帝王の懐に抱かれた馨を、葵というらしい、勝手に目覚めた眠り姫は炎のような眼差しで睨みつけ。

「たとえそうでも、それを利用して相手の不意をつくような、卑怯者を僕は勝者なんて認めることはできないね！」

「葵、ルールなしのバトルロイヤルというのが、プリクエ唯一の決まりごとだ。どんな勝ちかたをしようが反則ということはない。それにお前は審判《しんぱん》ではなく、姫君だ。勝者に祝福を与えるのが唯一の役目のな。それを放棄《ほうき》することは許されない」

そう言ったのは帝王。葵と呼ばれた少女（？）は、まるで彼に裏切られたかのような傷ついた顔をする。

「あのさ、プリクエってなに？」

シリアスな二人の雰囲気を破ったのは、相変わらず帝王の腕に抱えられた馨ののんきな声。帝王は呆れた声で。

「お前、なにも知らずに参加したのか？」

「シルクハットの気障《きざ》な野郎が、いきなり目の前に現れて、参加しなけりゃ死体置き場行きだ、なんて言うんだぜ！」

「……俺は死体になるのは二度とご免《めん》だったんだよ」そのあとに続いた馨の小さな呟きは、他の二人に聞こえることはなかった。

「ドンファンか。また、いらぬいたずら心を起こしたな」

シルクハットの気障野郎が誰か思い当たった口調で、帝王が顎《あご》に手を当てる。

「で、プリクエってのは？」

「『プリンセス・クエスト』が正式名称だ。内容は、お前が体験したとおりのＲＰＧ風サバイバルゲームだな」

「城の奥に眠るお姫様を助け出したらクリアだって、気障野郎は言っていたぜ」

「どうやら最低限のプレイ内容は説明したらしいな、ドンファンは」

「それだけだよ。さっきの話だと、そこにいるお嬢さんがなんかくれるらしいな？」

「本当に何も知らないのだな」と帝王がため息をつき。

「葵は男だ」

「えっ！」

馨は驚いてまじまじと目の前の白いドレスの姫君を見る。そしておもむろに手を伸ばし、その胸をぺたり。

「な、なにをする！」

葵は慌てて身を引き怒鳴《どな》るが、馨は茫然自失《ぼうぜんじしつ》で胸を触った手のひらを見つめ、呟く。

「ほ、本当だ。胸がねぇ……」

「ここは男子校だぞ。職員も全て男性だ」

「げーっ！　女日照《ひで》りきわまれりだぜ！」

「ちなみに、プリクエ勝者への商品は姫君のキスだ」

「キスって、これと？」

指をさされ、葵はムッとした顔になる。こともあろうに『これ』扱いである。

「俺、いいわ、いらない。そんな不毛《ふもう》なもん」

とあっさり言われれば、さきほどその商品授与を拒否したことも忘れて、葵は目をつり上げる。蝶《ちょう》よ花よとまわりからちやほやされるお姫様からすれば、自分のキスを不毛などと言い放つ男の存在そのものが、信じられない屈辱《くつじょく》だ。

「いくら綺麗《きれい》だって男だろう」

「では、姫君のキスはいらないと？」

そう言う帝王に「ああ」と頷く。

「あんたにくれてやってもいいぜ」

そう言ったのは、ほんの軽口だ。他意などない。

一人曲解《きょっかい》しまくったのは、この男だ！

「ほう、私がもらっても」

「ああ、いいぜ」

「では、遠慮《えんりょ》なく」

そう答えた帝王に、葵は期待に頬を染《そ》め、馨は男の腕の中、近づく顔にきょとんとした表情になる。

悔しいながら端整と認めざるをえないその顔が、視界いっぱいに広がり、焦点《しょうてん》が合わないぐらいアップになり……唇に触れた感触に頭が真っ白になった。

キスされていると気づいたのは、五秒ほどもたってからだろうか。当然逃げようとしたが、しかし身体は先の戦いで体力を使い果たして動かない上に、がっちり抱きしめられた腕は、多少もがいた程度では離れそうもない。

しかもだ。唇を舐《な》められて走った震えは、嫌悪ではなくむしろ……いや、男にキスされて感じたなんて認めたくない！

息が苦しくなって、かたくなに閉じていた唇を思わず開けば、するりと入り込むなにか。反射的に逃げようとした舌を絡め取られる。ふわりと意識が遠のく。

「んあ……」

ぴちゃりと水音が耳の近くでやけに大きく聞こえた。こちらが逃げようとすればするほど、逆に相手は巧《たく》みに追いつめてきて、はあ……と吐いた吐息《といき》も唇もじんじんと熱をもったように熱い。

「あ……」

わななく濡《ぬ》れた唇。そっと舌先で舐められ、歯を立てられて、背筋を駆け上ったのは紛れもない快感。今度は認めざるをえなくて、馨はギュッと目をつぶる。

与えられた息継ぎもそこそこに、角度を変えて今度はより深くむさぼるように。唇はすっぽり男の唇に覆われて、身体は男の腕の中で身動き一つとれないほどきつく抱きしめられている。背中をゆっくりとはい上がる大きな手の感触に、泣きたいような気分になる。

「ふ……んぁ……」

逃げられないと感じて、わき上がってきた感情に馨は混乱する。唇が塞《ふさ》がれて息ができないのに、それは胸いっぱいに満ちてくる……怖《こわ》いという気持ち。

最後の力を振り絞《しぼ》って、胸に両手を当てて突っ張ろうとしたが、強く絡め取った舌を吸われて、かくんと膝《ひざ》の力が抜ける。

キス一つぐらいで……相手が男というのが最低だが、こんなことはなんでもないはずだ。それこそ、でかい犬に舐められたぐらいの……それなのに。

「……や……っ」

息継ぎの合間、漏《も》れる自分の甘ったるい鼻に抜けるような声を、どこか遠くで聞く。ぴちゃりと濡れた唇を舐められ、下唇に歯を立てられて、ざわざわと駆け上がるのは、自分

がどうなってしまうのかわからない……そんな甘美《かんび》な不安。

どうして、こいつが怖い？　抱きしめられて口づけられて好き勝手にされて……だけど普通の状態だったらぶん殴《なぐ》って終わりのはずだ。怖いなんて……こんな胸がざわついて、なにかに急《せ》かされているようで、しかし、それがなんなのかわからない。心臓が甘く、痛い。

こんな……こんな気持ち知らない！　こんな自分も！

「あ…っ……」

ようやく唇が離されて、にじんだ涙でぼんやりとした視界に男の端整な顔が浮かんで見えていた。瞼《まぶた》が重くてそれ以上開いていられなくて、目を閉じる。

馨の意識はそこでフェイドアウトした。ようするに気を失ったのだ。

2

一カ月前。

机の上には赤い薔薇。それもご丁寧《ていねい》に箱入りで。今はそのリボンはほどかれ、朝露《あさつゆ》に濡れた深紅の花びらが目にも鮮《あざ》やかだ。

そして添《そ》えられていたのは、蝙蝠《こうもり》の翼《つばさ》を持つピエロがラッパを吹き、その音符《おんぷ》が枠《わく》となっているそんな洒落《しゃれ》た意匠《いしょう》のカード。クラシカルな匂いがするタイプで打たれた英文の文字の内容は。

『君の三十五回目の誕生日と、永遠にこない三十六回目を祝して』

「つまりは三十六回目が殺してやるって意味だな」

風間《かざま》はそう呟いて、机の上にカードを放り出した。その眉間《みけん》にはくっきりと不機嫌の皺《しわ》が刻《きざ》まれている。泣く子も黙る警視庁分室第十三課、対テロ特務部室長、風間薫《かおる》とは彼のことだ。ちなみにただいま三十五歳、眉間の皺も渋いお年頃。

男ならかくありたいと思う広い肩幅に長身、長い足にその上ハンサムで野性的な容姿。特務隊の深緑の制服もよく似合う、まさに男の中の男の彼は、ただ今、とても不機嫌だった。

その原因は、風間のデスクの上にある薔薇の花束。差出人の名前は、鉄の公爵《アイアン・デューク》とは、小さな子供向けアニメの悪役のようだが、これは本物の大悪党だ。泣く子も黙る世界的テロ組織、DC《デビル・セル》のアジア地区総括。

DCは秘密結社的な性格を持つテロ組織で、一握りの選ばれたエリートによる愚民《ぐみん》支配という時代錯誤《じだいさくご》な選民思想を掲《かか》げている。しかし、それが民族や血統ではなく、選ばれたエリートというところが、頭が良すぎて常識がわからなくなった天才達には受けがいいらしい。

つい先日も、ノーベル賞確実と言われたインド国籍、アメリカ在住の物理学者が失踪《しっそう》している。その直前にはDCの接触があったとも。

アイアン・デュークは風間が室長に……つまり七年前、第十三課ができたときから追いかけている。DCの狂った天才どもの奇想天外《きそうてんがい》な計画を防《ふせ》いだことは数知れず。しかし、当の首領であるアイアン・デュークは、いつもあと少しというところで取り逃がしていた。

おかげで風間の機嫌は最低調。しかも、今日の誕生日プレゼントで決定的などん底状態となった。

あろうことか、そのアイアン・デュークが薔薇の花束なんていう、中年男に贈るのにふさわしくない、気障でなおかつ嫌みったらしいプレゼントを贈ってきたのだから。

「ん、いい匂い」

その声で深い思考の海から我に返った薫は、ぎょっと目を見開いた。

いや、普通ではそんな可愛《かわい》らしい独り言ごときで、考えごとから戻ることはないのだが、この場合、長年テロリストを相手にしてきた、危険を察知する野性の勘《かん》が働いたと言うべきだろう。

薫の目の前でおかわりの珈琲《コーヒー》を持ってきた、この間入ったばかりの婦警が、薔薇の花束から一本を引き抜き、鼻先を近づけていたのだ。

「伏《ふ》せろ！」

「え？」

いきなり血相《けっそう》を変えて怒鳴った風間に固まっている彼女に、舌打ちを一つ。ひらりと机を飛び越えて、その小柄な身体を胸に抱き込みながら床に倒れる。

こんな、やっかいな荷物は通常、爆弾処理班に回される。取り締まる側に回ってなかったら、絶対取り締まられる側。危険な爆弾魔になっていただろうマニア揃いの処理班が。

が、今日は違っていた。あきらかにトラップがしかけられていると思われる薔薇の花束を、奴らは笑いをこらえながら風間室長の机に置いたのだ。

ちょっとしたいたずら心。それは贈った側のアイアン・デュークだってそうだろう。天下の風間薫が、こんな見え見えのトラップに引っかかるなど、思ってもいなかったに違いない。あくまで質《たち》の悪い冗談、殺人予告代わりの最高に嫌みなプレゼントだったのだ。

だが、この婦警の存在は盲点《もうてん》だった。それは誰にとっても。

——くそ〜爆発物処理班の奴ら、罰として裸で警視庁の廊下を爆走させてやる！

閃光《せんこう》が部屋を、そして風間を包んだ。

♛

二十一世紀も半ばの現代。地球はますます狭《せま》くなり、人は宇宙まで飛び出し、その移動は容易になった。世紀の初めには比較的安全だったこの東京《とうきょう》も、東京湾が全面的に埋め立てられ拡大、ネオ東京などと呼ばれるようになった頃には、テロリスト天国とまで呼ばれる、テロ多発地帯になっていた。

もっと強力な警察組織を！　という国民の声に押されて、当時の首相の肝いりで第十三課がつくられたのが、約七年前。

　対テロという特殊性から、軍隊上がりから刑務所一歩手前という怪《あや》しい輩《やから》までの寄せ集めの部隊は、公道だろうと人が行き交う広場だろうと、実弾射撃は当たり前。許可が出るなら……いや事後承諾《じごしょうだく》もいいところで、真昼の首都高速でハンドミサイルをぶっ放し、テロリストの車をひっくり返す。

　あまりの過激さに、なんのために対テロ部隊をつくったかわからない。これでは彼らが我らの生活を脅《おびや》かしているではないか！　という国民の非難は当然ごうごう。創立七年たっても……いや、年を重ねるごとに第十三課が起こす騒動の激化に、さらにその声は大きくなるばかりだ。

　しかし、それでも第十三課取り潰しにまで至ってないのは、派手な事件に反比例するようにテロ犯罪が少なくなったということがある。ときおりとんでもない行動は起こすものの、彼らが未然に防いだ事件は数知れず。

　そしてその七年間、対テロという危険な職場でありながら一人の殉職者《じゅんしょくしゃ》も出さず、一癖も二癖もある猛者《もさ》どもを率《ひき》いてきたのが、風間薫室長というわけである。

　そして、彼がその十三課初めての殉職者となった。

ああ、これが天国か。いや……自分のことだから、もしかしたら地獄かもしれない。

見渡す限りの雲の平原を眺《なが》めて風間は思った。自分が死んだという自覚はある。閃光に包まれてから先の記憶は飛んでいて、気が付いたときはここにいた。

しばらくただ呆然と、白くだだっ広い空間を見ていて、唐突に悟《さと》ったのだ。

自分は死んだのだ。

なにもない雲の平原。そういうふうに見えたというのに、いつの間にか目の前には大きな河が見えていた。どうどうと流れる水。こんな大河とても渡れそうにないのに、なぜかその上を歩いていけそうな気がしている。

ああ、三途《さんず》の川ってやつはこれか。

渡ってしまえば、もうこの世には戻れない。しかし、薫はためらうことなくその河へ一歩、踏み出そうとした。

『――お待ちなさい』

その声に振り返ったのは、振り返りたくなくても有無を言わせぬ響きがあったからだ。穏《おだ》やかでありながら強く、心に直接響くような。

そこには天使……が立っていた。そうとしか表現ができない。白い翼を背中にはためかせ、宙に浮かんでる人間など……いないだろう。たぶん。

そしてその横には、その天使と張るように綺麗な子供がいた。いや、純粋に子供というには、すこし年齢が上だ。たぶん十五、六歳。日本人らしく、黒髪はさらさらと長く、こちらを不安そうに見る瞳も濡れた黒曜石のようで。こりゃ、あと二、三年もすれば、しとやかな美人になること間違いなしと、内心思う。

『――あなたは死んでいません』

そう天使に言われて風間は反論した。

「じゃあ、俺がいるここは一体どこなんだ？」

しかし、天使はその風間の揶揄《やゆ》には答えず、話し続けた。

『――彼も死んでいません』

そう隣に立つ黒髪美人を見て言う。〝彼〟という一人称に、なるほど、こいつは女じゃなかったのかと、風間はひどく驚いたが。

『――というわけで、二人ともこの世に戻って頂きます』

天使の宣告と同時に、風間の踏みしめていた足下の雲がぽっかりとなくなった。見えたのは、蒼い地球。

うわあああああああああああっ！

いきなりの落下に声を上げる。その風間の意識に直接響くように聞こえた天使の声。

『――一つの身体に、二つの魂《たましい》。うまく折り合いをつけていってくださいね』

同時に横を落ちていく少年。

二つの身体が、一つに重《かさ》なったような気がした。

♛

うわあああああああああああっ！

叫び声を上げて飛び起きて、はあはあと息をつく。

「夢か……」

と呟いて、はて自分はどんな夢を見ていたか？　と首を傾げる。

なにか不思議なものを見たという感覚はあるのに、それがなにか思い出せない。あともう少しで思い出せそうな気がするのに……というもどかしい感覚にいらいらと髪をかき上げようとし……。

そして違和感に気づく。さらさらと指の間を流れるのは、絹糸のような滑《すべ》らかな感触。

それをむんずっと摑み引っ張ってみて、声を上げる。

「いてっ!」

それが自分の髪だと、痛みをもって知ることとなった。同時にわき上がってきた疑問。

自分の髪はこんなに長くない。これほど長くなるにはどれほどの期間がいるのか。いや、そもそも男の髪はこんな柔《やわ》らかな手触りではないはずだ。

目覚めてすぐ認識していたことだが、周囲は真っ暗。一つの明かりも見られない。

「目覚めたか?」

しわがれた声とともに、真っ暗だった部屋が明るくなった。まぶしさに目をすがめて、慣れてくるとともに、徐々に部屋の様子がわかる。

自分が寝かされていたのは、診察室にあるような簡単な寝台。それがぽつんと中央に置かれ、あとは格闘しても大丈夫そうなだだっ広い空間。

白い壁に白い床。まるで病院みたいだな……と思っていると、開いたドアから白衣《はくい》の人物が現れた。

「篠原《しのはら》博士?　なら、ここは新東京大学?」

専門は医学にして、脳外科の世界的な第一人者であるこの老人。しかし、その研究は物理に天文に宇宙工学、はては超心理学・オカルトに至るまで、博士号だけなら百以上に渡るという、まさに大天才の名にふさわしい人物だ。

とにかく毛色の変わったテロ集団であるＤＣの、繰り出す秘密兵器や理論に対抗するため、この天才博士には相談に乗ってもらっているのだが、しかし、信頼しているかと言われると首を傾げざるをえない。

なにしろ研究のこととなると一直線、筋金入りのマッドサイエンティストなのだ。

「……の大学病院の一室じゃよ。ただし、一般には知られてない特殊病棟のな」

「特殊病棟？　で、またなんかやらかしたんですか？」

それもどうやら自分を使って……と考えて、背中に嫌な汗が流れる。

目の前に「ほれ！」と何故か、手鏡を差し出され、反射的に受け取って、そこに映った自分の顔に絶叫した。

「なんじゃこりゃ!!」

鏡に映っていたのは、翠《みどり》の黒髪はさらさらと白い頬にかかり、大きく見開いた瞳は黒曜石の輝き、ぽかんと開けた唇も熟《う》れたチェリーのごとく赤い……いわゆる美少年というやつだろう。

それが、自分の表情で映り、鏡の中から自分を見ている。つ、つまりは……。

「これぐらいのことで騒ぐな！　第十三課の鬼室長が聞いて呆れるぞ！」

「騒ぐぞ！　誰だって騒ぐ！　こ、これは俺か？」

横たわっていた寝台から飛び降り叫ぶ。その声さえ、ドスを効かせりゃ泣く子も黙る渋い成熟した男の声ではなく、変声期は迎えたのかわからないぐらいの甲高《かんだか》いボーイソプラノ！

「脳移植だよ」

と呆れて答える博士と、目線が同じことに気づく。歳をとり（本人に直接言うのは禁句だが）多少背丈が縮《ちぢ》んだ博士を、今まではその白髪頭のつむじが見えるような高さで、見下ろしていたはずだ。それなのに……この高さでは百七十センチいくか、いかないか。

「脳移植!?　たしか、脳移植は法律で禁止されていたはずだぜ。それをやったって言うのか？」

今までの取り乱した口調から一転、表情厳《きび》しく問いただす。

現在では、理論としてそれは可能だという見解は出ている。しかし、人のクローニングとともに、脳移植は禁断の技術として国際条約により禁止されている。今現在も、どんな特例においてもこれを禁じるという、条文付きで。

今の医者にとってはクローン人間とともに、脳移植手術は最大の禁忌《きんき》と言っていいだろう。

「今の話が本当だって言うなら、博士、俺はあんたを逮捕しなければならない」

「お前はもう警官ではないぞ。だいたい、その姿で第十三課室長を名乗ったところで誰も信じないだろう？」

「そういえば、俺の元の身体は一体？」

「覚えていないのか？　お前さんの身体は、あの爆発で酷い損傷を受けてな。脳以外の器官は傷ついていないところはないというような状態でな。むしろ、あれだけの爆発で脳が傷ついていなかったというのが、正直不思議なところじゃな」

「じゃあ、この身体、一体誰のだ？」

　そして、最大の疑問を口にする。

「それは私から説明しよう」

　そう答えたのは博士ではない、別の声。おそらく隣室で盗み聞きでもしていたのだろう。扉を開いて、こちらにやってくる。

「あなたは……高円寺警視総監」

　意外な人物に、目を見開く。なぜこんなところに、警察のトップがいるのか。

　総監は今年で五十を迎える。鷲《わし》を思わせる厳しい眼光に、ロマンスグレーで腹も出ていない。制服を着た今の姿も端整そのもので、若い婦警のファンがいるというのも頷ける。

総監になったのは四十半ばだから、当時はかなり異例の若い総監だったと言える。そして、定年を迎えるまでその椅子に座り続けるだろうという、警察庁の実力者、ドンだ。

「見たまえ」

目の前に黒い警察手帳を突き出され、総監でも持っているものなのかと、妙に感心する。

手帳の末尾、そこに一枚の写真が貼り付けてあった。

白い病室、活けられた大輪の百合《ゆり》の花をバックに、少年が柔らかな表情で微笑んでいる。

「これは……」

さっき鏡の中で見た……今の自分の顔と同じだ。

「高円寺馨。私の息子だ」

「その息子さんがどうして？」

「馨君はな、先天的に脳に障害を負《お》っていたのだよ。今の医学をもってしても完治不可能な」

そう言ったのは、篠原博士。

「知能や感情は全く正常だったが、首から下の運動能力がまったく失われていた。最近はその麻痺《まひ》が心肺器官まで至ってな。弱々しかった自立呼吸もかすかに脈打っていた心臓も止まったと確認されたのが、お前さんが爆発に巻き込まれたその朝だ」

淡々《たんたん》と語る、その博士の語尾にかすかな感情の揺れが見えたのは、気のせいか。

「身体が動かせない以外は、馨君はまったくごく普通の利発な子供だった。今の医療技術では、そんな動かせぬ四肢も身体も、健《すこ》やかに成長させることができる。まったく皮肉なことだよ。自由に動かすことができぬ身体を健全に育成できる、その技術だけは発達しているなど……」

少年は笑って、担当医だった篠原博士に言ったという。

「自分にとっては役立たずのこの身体を、もし死んだら別の人のために役立ててほしいとな」

「それで、脳移植か？　しかし、役に立てるなら禁止されてる手術を行わなくとも、他の方法があるだろう？」

「馨の身体に、メスを入れて切り刻めとお前は言うのか？」

高円寺の腹の底から、いや地獄の底から響いてくるようなドスの効いた声に、馨は思わず後ずさる。

「い、いや、しかし総監。脳移植は犯罪で……」

「それがどうした！　馨の死に顔は、本当に死んでいるとは思えないほど安らかなもので……天使の様だったんだぞ！　その馨の白い無垢《むく》な身体をバラバラにしろと、お前はそんな酷いことを言うのか！」

握り拳を震わせた総監は、「最近の馨は死んだあれの母親にますます似てきて……」とぶつぶつ。その瞳は、どこかイッちゃっている。もしかして、息子に良からぬ感情を抱いていたんじゃなかろうか？　と、内心疑ったほどだ。

しかしだ。「馨っ!!」と哀愁漂《あいしゅうただよ》わせ絶叫している、父親の姿を見ると。

――お父さん……。

ホロリ……と涙がその頬にこぼれて慌てる。

「博士！　あんた、神経の配線間違ったんじゃないのか！」

「馬鹿者！　儂《わし》の手術は完璧だ！　まあ、その身体ははじめて動いたのだ。興奮した生理的なものではないのか」

「……本当に大丈夫かよ」

にしては、胸のここら当たりがなんか締め付けられるように痛かったような。と、以前と比べて、とんでもなく薄くなった胸板をなでなでする。

博士は口を開き。

「まあ、ドナーの父親があのような調子でな。儂としても、馨君の意思を生かすためにも、そのまま身体を保ったまま移植するしかない……つまりは脳移植に踏み切るしかないと決断したのだよ」

そして、その朝に風間が瀕死《ひんし》の重傷で病院に担《かつ》ぎ込まれてきた。

「お前さんと馨君は血液型からなにから、一致していてな。これなら全く拒絶反応が出ないと結果が出た。本当に運がいい」

「なにが運がいいだ！　繰り返すが博士！　脳移植は犯罪だぞ！」

まさか、自分が法律だの常識だの振りかざして、この二人に意見する日が来るとは思わなかった。いい歳した天才博士と警視総監、その二人がこんな馬鹿なことをしでかすとは。

「……あんたはそれでいいのかよ？」

もはや、警視総監だろうと敬語を使う必要はないと、ぶっきらぼうに言う。

「なんだ？」

「いくら息子の身体でも、中身は俺だぜ。あんたの息子が生きて帰ってきたわけじゃない」

「当たり前だ。馨は死んだ。もう戻ってこないことは私が一番よく知っている」

きっぱりと言うその横顔は、悲しみを乗り越えた潔《いさぎよ》い父親の顔で。

「………」

なんだか、また胸が痛んで鼻の奥がツンとしてきた。それをごまかすようにやけっぱちに声を張り上げる。

「じゃあ、俺は俺だ。この身体を好きに使って、好きなことをさせてもらう」

こうなったら開き直って、第二の人生を歩むしかない。いささか、このそぐわぬ身体が不本意ではあるが、それは鍛《きた》え方次第でなんとかなるだろう。

目指すは元のマッチョマンだ。

「それでいい」

そう頷《うなず》いたのは、篠原博士。

「馨君が自由に動かせなかった身体だ。お前さんならさぞかしよく動かしてくれるだろう。ただし壊さない程度にな。あまりはしゃぎすぎると、いきなりエネルギー切れを起こしてぶっ倒れる可能性もある」

「なんだよ、そのエネルギー切れって?」

「その通りの意味だよ。お前さんの身体は元のマッチョマンではない。だが、脳みそのほうでは、元の馬のような体力だと思い込んでる。この場合強すぎる精神力も災《わざわ》いしておるな。つまりはこのくらいと思って無理をしすぎると、急に身体が動かなくなると、そういうこともあるかもしれないということだ」

「そいつはずっとかよ?」

「いや、体力がつけば問題はないはずだ」

「なら、鍛えりゃいいことだろう」

とりあえずは、元のスタミナを取り戻すことだと、目標を定《さだ》める。

「それで、お前の今後のことだが、元の十三課の室長にはその姿では戻れまい?」

「確かに十七歳の室長じゃサマにならねぇだろうな。誰も俺だと信じないだろうし」

「ならば不自然ではない場所に行ってもらおうか。その身体の歳ならば、学校に行っている歳だ。私立桜花学院、お前でも知っているだろう?」

「なっ!　空飛ぶ学校!　あんなところに行けっていうのか!?」

3

"The flying school"もしくは「空飛ぶ学校」とは、私立桜花学院の別名である。

なぜならば、この全寮制の男子校（そう桜花学院は男子校である）は、東京上空の衛星軌道上。つまりは宇宙にあるのである。

五年前、初期型の中古ドーナッツ型のコロニーまるまる一個を買い上げて、この学院がつくられた。寄付という名の入学金は、目玉が飛び出るほどの金額。したがって生徒も、超がつくほどのおぼっちゃま揃い。政財界の大物達の子弟が名を連ねているらしい。

なにしろ宇宙の真ん中、学校丸ごとスペースコロニーということで、外部からの侵入者をシャットアウトすれば、セキュリティはばっちりなのだ。

その話を聞いたとき、やれやれこれでテロリストが資金源代わりに狙う誘拐のターゲットが減ったぜと、そんな不埒《ふらち》なことを考えたのだが……。

まさか、自分がその学校に入学するハメになるとは思わなかった。

そうして、物語は振り出しに戻る。

♛

東京の宇宙港から、月のステーションを経由して、噂の空飛ぶ学校へと。

シャトル発着所の無人のゲートを抜けて、コロニー内部へと続くエレベーターの扉が開けば……。

そこは満開の桜並木。季節はずれの鮮やかなピンクに目を奪《うば》われる。日本人なら浮かれずにはいられないだろう、この光景に一歩踏み出して。

「やあ、これは見事な桜姫だ」

そう妙に明るい声で言ったのは、金髪碧眼《きんぱつへきがん》の男。黒いインパネスに、白手袋にステッキ、そして片眼鏡《モノクル》と、まるで時代をさかのぼったような男が立っていた。

まるきり仮装大会だ。

「あなたの黒髪にね。桜の花びらが花嫁のベールのように絡んでいたから、そう見えたのですよ」

その上、わけのわからないことを言う。うさんくさい奴だと馨は顔をしかめたが。

「あんたが迎えの人？」

前もって言われていた。ここで迎えが待っていると。「ああ、そうだよ」と彼は頷き、インパネスの懐から鎖につながれた懐中時計を取り出すと「ああ、時間がない！」と呟く。

「急がないと、君が参加できなくなる」

後ろに止めてあったカートに乗るように言われる。コロニー内は広いので長い距離の移動はこれを使うのだという。

急激な加速に、アスファルトに散った桜の花びらが、吹雪《ふぶき》のように舞い上がる。

「参加ってなんだよ？」

「プリンセス・クエスト。簡単に言うとサバイバルゲームだよ。この学院高等部の、年に一回の一大イベントでね」

魔王に捕らえられた姫君を救うのがゲームクリアの条件だという。あとはルール無用のバトルロイヤルだと。

要するにガキの遊びだと、そんなに急ぐことはない自分は参加しないと言いかけた馨に、横でカートを運転する男が、軽い調子で言った。

「ああ、自由参加だからね。このままパスすることもできるよ。その場合は、死体置き場に直行だけどね」

「死体置き場……」

「ああ、名前ほど怖いところではないよ。起こっている主なイベントを観ることができるモニターがあってね。それを観ていれば気楽な……」

「……俺は二度と死体にはなんねぇぞ」

「え？」

「参加してやる。急いで間に合わせろ！」

「……姫君の御意のままに」

♛

そうしてとんがり帽子のお城で待っていたのは、極悪非道《ごくあくひどう》の暗黒騎士。あろうことか、愛人になれと抜かしやがった。

負けたくせして、人の唇を奪いやがって……あまりの展開に意識は腰砕《こしくだ》けで……そのうえ……。

ただ、唇にあの感触。忌々《いまいま》しいあの男の唇。すっぽりと包み込むように、あやすようにこちらの唇に触れて、舌で舐めて懐柔《かいじゅう》して中へと侵入する手際は、とても十代のガキの口づけじゃなかった。

それでもあんなキスなど、どうってことない。ルージュの味がする唇を塞いだ経験なら、こちらのほうが上なのだ。そう、数え切れないほど。

受け身だから、あんなに動揺《どうよう》したのだろうか？　それとも、舌の根がしびれるほどきつく絡め取られて、呼吸困難になっていたからぼうっとしたのか。認めたくないのは、きつく抱きしめられた腕の中、愛撫《あいぶ》するように大きな手が背中を撫《な》でて、ぞくりと背筋に震えが走ったことだ。

一瞬にしてわき上がったのは男に対する恐怖……だけではない、なんとも言えない感情。

このまま唇をきっかけに、頭からバリバリ食われてしまうんじゃなかろうか？　と、そう思っているのに、腕の中から逃れられない。どこかで、それを待ってるような、いや、待つわけないだろう！　いくらなんでも、こんな男にこんな……。

――こんな感情知らない！

飛び起きて、ハアハアと息をつく。

「夢か……」

とお決まりの台詞《せりふ》をはいて、唇を撫でていた自分の指に気づき、その手を引きはがす。

ぶんぶんと首を振る。

ベッドの上にある時計を見れば、まだ夜中の一時だ。

寝汗で濡れた感触が気持ち悪くて、バスルームに向かった。さすがおぼっちゃま学校だけあって、寮は全て個室。それぞれにバストイレ付きとは至《いた》れり尽《つ》くせりだ。

その上、さらに多額の寄付金がいる特別寮とやらには、使用人三人までの同伴《どうはん》が許され、ホテルのスイートルームよろしくの内装と設備だというから、上流階級ってやつは馨の想像を遥かに超えた、リッチ揃いらしい。

さらにその上には……という説明があったが、しかし馨にはそんなもの関係なかったので、入学前に東京にやってきた職員の説明など、右耳から左耳へと抜けて消えた。

シャワーだけで簡単にすませて、ごしごし髪を拭《ふ》く。剣で断ち切っただけだから、肩につくかつかないかの髪は、不揃いでざんばらだ。元々邪魔くさくて切ろうと思っていた長い髪だから、未練《みれん》などないが。

本当は、入学前に切ろうと思っていたのだが、準備のごたごたで後回しになっていた。なにより、あの高円寺警視総監が、馨の髪の毛一筋でも損《そこ》ねるとは！　と大反対だったのだ。本気で、この父親危ないぜと……握り拳で断髪《だんぱつ》反対！　を力説する高円寺を見ながら、馨は思った。

――俺のこの髪の惨状《さんじょう》見たら、あの危ない父親は悲鳴を上げそうだな。

髪を拭く手を止めて、洗面所の大きな鏡に映る自分の姿をまじまじと見る。

まだ生乾きの濡れた黒髪が白い頬にぺったりと張り付き、大きな黒目がちの瞳、人形のように長いまつげ、貧弱な薄い胸、細い手足。

「……これじゃ、胸のない女じゃねーか」

馨はがっくりと肩を落とした。

♛

薄暗い部屋。青いモニターの光が、深海のように部屋を照《て》らす。

「……それでいきなり症状が回復したと？」

『はい』とモニターの中の人物は頷き。

『表向きは極度の貧血症となっていますが、本当のところは原因不明の脳障害だったようです』

「あの篠原博士が手を尽くしても完治しなかったと？」

『はい』

「それが突然回復したというのですか？」

『はい』

「あり得ない」

呟いたところでアラーム音が鳴った。通信の割り込みの時間切れを知らせるものだ。これ以上は逆ハッキングされる恐《おそ》れがあると機械的な音声が告げて、音と画像が途切れる。

「……これは面白《おもしろ》くなりそうですね」

真の暗闇に包まれた部屋で、その声だけが響いた。

♛

「あんたは、昨日のシルクハットの変態！」

さわやか……とはとても言えない朝を迎えた馨は、朝食を食べる気にもなれず、自動販売機のオレンジジュースをそれ代わりに流し込み、職員室に向かった。そこに受け持ちの担任がいるからと、今朝、寮の職員から連絡があったからだが。

「変態はひどいな。これでもこの学院の教師なのだがね」

「あんたが？」

そう、準備室で待っていたのは、ある意味で昨日の災厄《さいやく》の原因。シルクハットにインパネスに片眼鏡の英国紳士。

さすがに今日の服装はあの仮装行列みたいな格好ではなく、普通のスーツにネクタイ姿であったが、金髪碧眼、穏やかそうな笑顔を浮かべるその顔は、馨の直観でうさんくさい奴という印象は変わらない。

「そう、僕が君が編入する二年C組の担任、ケント・アーサー・リチャード・エドワード・ジェームズ・ノーザンフォークといいます」

「はぁ……？」

ケント・ジェームズ・アーサー？　と既に馨の頭の中では順番が入れ替わっている上、その先が言えないが。

――――うさんくせえ奴。

教師だと名乗られても……いやだからこそ、信用できないと馨は思った。

そして、移動した教室にて。ケントに続いて馨が入ってきたとたん、生徒達がざわめく。

「昨日のイベントの優勝者だから、みんな知っていると思うが……」

余計なことは言わなくていいのに、ケントがそう前置きして言う。

馨は教室を見渡して、見知った顔を見つける。昨日は白いドレスを着ていたお姫様だ。たしか葵とかいった。

こちらと目が合うと、明らかに避《さ》けるように目を反らされた。

あの、くそ帝王の姿はない。どうやら別のクラスのようだ。もっとも、同じクラスだったら、即座に昨日の勝負の続きが勃発《ぼっぱつ》したに違いない。

「君の席はあそこだよ」

紹介が終わり、馨は自分の席へと向かった。

途中、あきらかに引っかけようと突き出された足を避けるどころか、わざと踏んづけてやる。足の甲《こう》の中央のとっても痛い急所を。

ニキビ面のそいつは声にならない悲鳴を上げ、ケントに「どうしましたか?」と聞かれたが、「な、なんでもありません」と脂汗《あぶらあせ》をたらしながら答えた。

その間に馨は用意された席へと。

と、隣の席に座っていた奴が、こちらに身を寄せてこそこそと耳打ちした。

「気をつけたほうがいい。彼は葵の上の親衛隊長だからね」

そいつが振り返ってこちらを睨み付けると、耳打ちしたお隣は、首をすくめて身を引いた。

葵の上⁉　親衛隊⁉　どうやら、この男子校には馨の理解できない世界があるようだ。

♛

「で、葵の上ってのは？」
「ああ、それは昨日のプリクエの姫君の愛称だよ。花山院《かざんいん》葵。お公家《くげ》さんの血を引く、と
ってても美少年なのは見たとおり。馨ちゃんもどっこいどっこいだけどねぇ」
「気持ち悪いこと言うな。それに俺の名前は高円寺だ」
隣に座っていた奴の名前は、尾多賀《おたが》重人《しげと》。その変わった名字に、彼が名乗ったとき馨は
思わず言った。
『確か、三年前疑獄《ぎごく》事件起こして、秘書や傘下の議員のせいにして、自分は一人だけ逮捕
されずに助かった、政権政党の元幹事長がそんな名前だったな』
『あ、それ、僕のお祖父様だよ』
『…………』
まるで良いことのように、にこにこしながら重人が自分の顔を指さす。なるほど、ここ

はこんなのがごろごろしてる、超がつくおぼっちゃま学校なのだと馨は思わず納得した。

そして昼休み。馨は尾多賀と学食のカフェテリアに来ていた。この学校にはその他に、新進気鋭《しんしんきえい》のシェフがプロデュースするイタリアン。銀座《ぎんざ》の有名江戸前寿司。京都《きょうと》の有名料亭に、高級中華料理。フランスはパリの三つ星レストランの支店まであるのだ。

カフェテリア以外の店は、別途お支払いが必要とのことで、馨は迷わずここに来た。親が与えたゴールドカードがあるおぼっちゃまと違い、こちらはいくら政府高官とはいえ、しがない国家公務員の扶養《ふよう》家族なのだ。

「ねぇ、馨ちゃ……ん！」

ゴンと、馨の手刀《しゅとう》が重人の頭に炸裂《さくれつ》する。涙目で重人は頭を抱え。

「痛いよ！」

「俺をその名前で呼ぶなと言っただろう！　高円寺と呼べ！　高円寺と！」

「高円寺君」

「なんだ？」

「それ昼食？」

馨の前の皿には山盛りのケーキとフルーツ。他にもカレーだのパスタだの並んでいたのに、迷わずこれだけ持ってきたのだ。

「甘い物好きなの？」

「食べたいんだから、そうなんだろうな」

ちゅるちゅるとストローから、ピンクグレープフルーツのジュースを飲みながら答える。

以前なら見ただけで胸焼けしそうな甘いケーキだが、今はやたらと食べたいのだから仕方ない。身体が変わって味覚も変わったということなのか。

「それで、親衛隊ってのはなんだよ？」

「そのままの意味だよ。葵の上の取り巻き。葵様のためなら死んでもいい！　っていう崇《すう》拝者《はいしゃ》ばかりなんだ」

重人の言葉に、馨は「げー！」と顔をしかめ。

「で、なんで奴らが頭にきてるんだよ？」

「簡単に言うと、エンペラーとキスしたから」

キスという言葉に馨は不快《ふかい》そうに無表情になる。

「エンペラーって、獅子帝王のことか？」

馨がそう聞くと、重人は頷き。

「そう呼び捨てにできるのは、かお……じゃない、高円寺君だけだと思うなぁ」

「あだ名で呼ぶ方がよっぽど親《した》しいと思うがな」

「エンペラーの場合は、ニックネームじゃなくて尊称《そんしょう》だよ。畏《おそ》れ多くて名前が呼べないからその代わりというか……確かに彼はこの学院の皇帝だから。生徒会長だし」

「あんなのが生徒会長かよ！」

「優秀なのは誰もが認めるところだよ。成績は常にトップ。二番にもなったこともない。スポーツと武芸の腕前は知ってるよね？」

「認めたかぁねぇが、強いのは確かだな。性格はともかく」

「血筋もね、血統書付きだよ。獅子財閥、知っているよね？」

「いくらなんでもな」

世界のトップクラスの財閥の一つだろう。それから、この学院の名誉理事長が、その獅子財閥の会長だ。

いくらセキュリティが万全とはいえ、新設七年の学校に、これほどまでの政財界の子弟が集まったのには、そういう理由があった。獅子財閥の会長室には、各国首脳とのホットラインがあるという噂は、おそらく本当だろう。その一言で世界が動くとも。

「エンペラーは会長のたった一人の孫息子だよ。お気の毒なことに、ご両親は七年前の事故で……」

「ああ、そいつは有名だな」

獅子財閥の会長の息子夫婦がテロにより死亡した事件は、当時大騒ぎになったものだ。第十三課が創設されたのも、この事件の影響が大きい。

「つまり獅子財閥の未来の総帥に遠慮して、誰もあいつに文句を言えねぇと？」

しかも、名誉理事長が自分のじいさんなら、奴にとっちゃここは楽園だ。

「そりゃ獅子財閥の名は大きいけどね。でもその程度だったら、ここには十分対抗できる生徒はごまんといるよ。僕だってねぇ、一応は」

「疑獄事件をまんまとすり抜ける悪徳政治家の孫だもんなぁ」

「悪徳は酷いよ……否定できないのは悲しいけど」と重人は、さして悲しくもない表情で言い。

「みんながエンペラーを尊敬と畏怖《いふ》の眼差しで見ているのは、彼の実力だよ。実際、誰も彼には敵わないんだから」

「俺は勝ったぜ」

「あのエンペラーにああいう手段とはいえ、勝ってしまったのも問題なんだけどね」

「勝ちは勝ちだろう？」

「エンペラーもそう言ってるらしいね。だけど彼の信奉者《しんぽうしゃ》や葵の上は認めていない。当然その取り巻きの親衛隊もね」

「で、俺に逆恨《さかうら》みか？　程度が低いな」

「それだけではないよ。やっぱり例のキスが問題だね」

キスという言葉に、やはり馨は不快になる。よみがえるあの唇の感触。ぞくりと背筋に走った震えをごまかすように叫ぶ。

「だあっ！　あんな奴とキスしちまったことを思い出させるな！」

「誰があんな奴だ？」

かけられた声に馨は振り返り、そこに不倶戴天《ふぐたいてん》の敵の姿を発見し、くわっ！　と威嚇《いかく》する。

「なんでお前がここにいる!?」

「場所は公共のカフェテリア。昼食をとるのにどこで食べようと文句を言われる筋合いはないと思うが？」

帝王の言い分はごもっとも。猫なら尻尾《しっぽ》をふくらませ、全身の毛を逆立てているだろう馨の「こっちに来るんじゃねぇ！」という発言をさらりと無視して、隣に座る重人を見る。

「おい」

「ひゃ、ひゃい！」

声をかけられた重人は、目の前にやってきた帝王に妙に裏返った声を出す。

「邪魔だ、どけ」

「わ、わかりました」

弾かれたように立ち上がり、B定食のトレイを手に脱兎のごとくどこかへ。薄情な奴だと、馨は内心毒づき、空いたその席に着こうとする帝王に、嫌みったらしい口調で言ってやる。

「そこ尾多賀の席だぜ」

「あちらが勝手に立ち上がり空いた席に座って、どこが悪い?」

隣の席からさりげなく、馨に手を伸ばそうとする。その手を避けるように、馨は一つ席を移動した。すかさず帝王が一つ席を詰めてくる。

「なんでこっちに来るんだよ!」

伸ばされる手を今度はぱん! と打って振り払った。

「席が空いているからだ」

「他にも空いている席があるだろうが!」

「私はお前の隣がいい」

「なっ……」

真顔で言われて絶句する。これ以上席を移動してもまた追っかけて来るだけだと、諦めて持ってきた昼食に専念することにする。帝王が馨のトレイをちらりと見て。

「おい。それが昼ご飯か?」

「悪いかよ」

ショートケーキのてっぺんで輝くいちごをぐさりとやって、ぱくり。うーん、甘酸《あまず》っぱくておいしいぜ。

「子供が好き勝手に持ってきたメニューそのものだ。栄養のバランスを少しは考えろ」

「誰が子供だよ！　だいたい、テメーこそ、そんな昼飯毎日食っていたら、ぶくぶく豚みたいに太るぞ！」

帝王の前にはジュージュー音を立てるステーキが。しかもTボーンというやつだ。グラム数は、確実に五百はありそうな。

「成人病につながるような肥満《ひまん》とは、私は無縁《むえん》だ。将来人の上に立つものが、自分の身体ぐらいコントロールできなくてどうする」

「へえへえ、じゃあ俺の食い物にも文句をつけるなよ。人の上なんかに立つのは、しち面倒くさくて、する気にもなんねぇけどな。自分の身体のことぐらい自分でわかってる」

「昨日、倒れたのは誰だ?」

「………」

それを言われると弱いが、しかし、もともとこの身体は馨のものではなかった。生クリームがたっぷりのったスポンジを飲み込んで、これがうまいと感じるのも前の持ち主の嗜好のせいだろうな……と思う。

同時になんとなくゾクリとした。

身体は変わっても自分は自分だという認識だったのに、前は見向きもしなかった甘いものが無性《むしょう》に食べたいと思っている。これはやはり変わったということなのだろうか？　身体だけではなく、自分がどこか自分ではなくなる……。

「なんだ、食べないのか？」

フォークを握りしめ、気むずかしい顔でケーキとフルーツの塊を睨んでいる馨に、帝王が声をかける。

馨は顔を上げ、

「あのゴーレムの一件はどうなったんだ？」

「原因不明の暴走事故ということで、一応の報告は受けている。管理責任を問われて科学部は一週間の部活動禁止だ」

「ふうん、原因不明ね。それであんたは納得してるのか？　剣が本物にすり替わっていたのだって、まだわかんないんだろう？」

「…………」

返ってきた沈黙が、馨の言葉を肯定《こうてい》している。

「あれは事故なんかじゃなくて、人為的《じんいてき》なものなんじゃないのか？」

でなきゃ子供の遊びに本物の剣を使い、兵器にもなるあんなロボットが乱入してきた説明がつかない。

「聞かれても答えられないな」

「なんで？」

「お前はここの生徒だ。事故に巻き込まれたにしろ、その調査内容を知る権利はない」

帝王の言うことはもっともだ。確かに誰が犯人なのかいまだわからない事件の内容を、一介の生徒に教えることはできないだろう。しかし馨の中には、いまだ十三課室長としての矜持《きょうじ》がある。

「そういう言いかたはないだろう！　だいたい俺は……」

「俺は？」

聞き返されて、言葉に詰まる。自分の正体をここで明かすわけにはいかないし、言っても、信じてもらえないだろう。

「警視総監の息子だぞ！」

帝王は一瞬目を丸くして、次に声を上げて笑った。いつものふてぶてしさは消えて、純粋に楽しそうな少年の顔。

あ、こいつでもこんなふうに笑い転げるんだと、思わず一瞬見とれて、次に馨は顔を真っ赤にして叫んだ。

「なにがおかしい！」

「いや……確かにそうだったな、馨」

「てめぇ！　その名前で呼ぶんじゃねぇ！」

手に持っていたフォークを反射的に投げた。至近距離だというのに、眉間を狙ったそれを素手《すで》でひょいと摑んだのはさすがだ。

「危ないではないか」

ちっとも危なく思っていないような口調で言うところも、憎たらしいというかなんというか。

「なんで避けるんだよ！」

「避けなければ私の顔にフォークが突き刺さっていたぞ」

「だからそれでいいんだ！」

「良くないだろう。私はまだ死にたくはないからな」

「テメェがそんなことぐらいで死ぬか！」

「矛盾《むじゅん》だらけのことを言うな」

♛

　時はいささか前後する。

　カフェテリアの窓際の席。言い争う二人を中庭を挟んだ反対側から見る者達がいた。

　そこはパリの三つ星レストランの支店。普段なら、帝王もここの常連の一人であったが。

「おい、あのエンペラーと言い争っているぜ」

「昨日の啖呵もすごかったけどなあ。あれでエンペラーが怒らないっていうのも……」

「わかるような気もするけどねぇ。なんつーか、あの綺麗な可愛らしい顔で、あの中身つうのが、普通、幻滅《げんめつ》しそうなもんなのに、妙な魅力があるというか、ぞくぞくするっていうか」

「挑《いど》みがいがあるってやつ？　まあ、エンペラーの周りにはいなかったタイプだよなあ」

　うんうんと頷いて、うわさ話に花を咲かせていた学生達が見たのは、レストランの奥、三段ほど高くなっているＶＩＰ席。

いつもいる席に帝王の姿はなく、こちらに背を向けている小柄な後ろ姿が一つ。

「女王交代かもな?」

「馬鹿、気が早いぞ」

そう口にしたとたん、くるりと振り返った葵の綺麗な顔に睨まれて、ささやいた生徒達は首をすくめた。

4

「なんでテメェはそうタカビーなんだよ！」

カフェテリアの争いはいまだ続いている。

馨はフォークどころか、ティースプーンに卓上の塩、胡椒《こしょう》の容器まで投げて、それもことごとく帝王に受け止められた。自分の横に整然と並べていくそれがまた嫌みだっつうの！

「王者たるもの傲慢でなくてどうする。実力の伴わない自負《じふ》など滑稽《こっけい》なだけだがな」

自分はたっぷり実力もあるのだと、帝王は不敵に微笑む。

まったくああ言えばこう言う。

――くそ～、こいつの衛星軌道上より高い鼻っ柱をぽっきり折ってやりてぇ！　思いっきり！

もんもんと考え込んでいると、ぐいと肩を抱かれた。

「なにをする！」

「ひどい髪だな」

言いながら、肩を抱いていないもう片方の手で頬にかかる不揃《ふぞろ》いの髪を一房つままれる。

「あんたが切ったんだろうが」

「そうだ。私だったな」

もっとも、帝王が切ったのは今触れている髪の一房程度で、あとは馨がばっさりやったのだが。

「行くぞ」

髪をつまんでいた手が離れる瞬間、さらりと頬を撫でられる。帝王が立ち上がり、肩を抱かれたままだった馨も、半ば強引に立たされた。

「どこに連れていくつもりだよ！」

馨は帝王の腕の中から逃れようとするが、肩に回っていた手はいつの間にかがっちり腰に回っていて、振り払えない。

「その髪をなんとかしにな。美容室へ」

レストラン以外にも、ここには青山《あおやま》にある有名なヘアサロンの支店がある。

「俺は行かないぞ！」

「そのままでいるつもりか？　どうせ切りそろえるのだろう？」

「お前に指図されるいわれはない！」

腰に回った手を引きはがそうと、爪《つめ》を立てる。

「髪を切らせる条件は……そう、チョコレートケーキ一つでどうだ？」

「え？」

「このカフェテリアの向かいにあるフレンチの特製デザートだ。焼きたてのケーキにナイフを入れると、中から漆黒《しっこく》のとけたチョコレートが出てくる。悪魔の誘惑とはずいぶん恐ろしげな名前だがな」

馨はとけたチョコレートの甘さと苦《にが》み、それに香りが口いっぱいにひろがる感覚にごくりと唾《つば》を飲み込んだ。たしかにまさしく、悪魔の誘惑だ。

「ケーキぐらいで懐柔《かいじゅう》できると！」

「天使の巣もつけるぞ」

「え？　それなに？」

首を振って抵抗しようとした言葉も霧散《むさん》して、思わず聞く。

「メープル味のスフレだ。ふわりと軽《かろ》やかで、まるで甘い雲でも食べている気分になる。確かにあの感触は天使の寝るベッドのようだろう」

「う……」

これも想像して言葉に詰まる。食べたい。すっごく食べたい。でもこの男の言いなりになるのは悔しい。

「お前はプリクエの勝者でありながら、正当な賞品を受け取っていないからな」

「賞品はプリンセスのキス一つじゃなかったのか？」

あれで酷い目にあったのだ。馨はむくれる。

「だからその代わりだ。髪も切ってしまったしな」

「いいぜ」

そう、これは昨日の災厄の代償《だいしょう》だと自分を納得させて頷いた。

♛

「ふーん、まああじゃん」

できましたと手鏡を渡されて、馨は合わせ鏡で切りたての自分の髪型を見る。

「ちょっと襟足《えりあし》長くねえ？」

馨は、短けりゃ丸坊主《まるぼうず》でもいいと言ったのだが。

「これ以上短くするのは、却下《きゃっか》だぞ」

そう、後ろで腕を組んで睨みをきかせているこいつに反対された。馨はくるりと椅子を回して振り返る。

「ちぇっ！　うるせぇなあ……」

唇を尖《とが》らせて帝王を見れば、奴はなぜかなんとも言えない顔で。

「そういう顔を私以外の者にするな」

「なんだよ?」

「誘っていると思われるぞ」

「はぁ?　誰が?」

馨が首を傾げると、しょうがないというように帝王はため息を一つついた。

「それより約束」

「ああ、用意させてある」

美容室から案内されたのは、昼休みが終わって人気《ひとけ》のないレストラン。

「いまさらだけど、授業いいのかよ?」

「ほう、真面目《まじめ》に受けたいのなら、さぼった授業の教師に頼んで補習を……」

「いいよ。そんな真面目じゃねぇから」

馨は、目の前に置かれた丸い焦《こ》げ茶のチョコレートケーキに、さっくりとナイフを入れた。中からとろりと流れ出る漆黒の液体。それに切り分けたケーキを絡めて、一口食べる。

「うまいか?」

「ん」

口いっぱいに広がる甘い幸福に、馨は帝王の問いにもこくこくと素直に頷く。

「ついてるぞ」

「え?」

ひょいと長い腕が伸びて、口の端《はし》に指が触れる。その指先についていたのは漆黒のチョコレート。どうやら口の端についていたらしい。

帝王はそれを手近なナプキンで拭かずに、ぺろりと舐めた。

「舐める奴がいるか!」

「甘いものを好かないが、これは極上の味だな」

にたりと笑う。

たしかに馨の前にはケーキの皿があるが、帝王の前にはない。代わりにあるのは湯気《ゆげ》の立つカップ一つ。

砂糖もミルクもなしのブラック。長い足を組んで、香りを楽しむようにカップを傾ける。

その姿はとても十七のガキとは思えない落ち着きで、さまになっている。

自分だって一カ月前は、十三課のコーヒーメーカーかけっぱなしで煮詰めたような黒い液体を、『相変わらずまぜぇーなあ』などと呟きながら飲んでいたのだ。砂糖もミルクもなしで。

「む・か・つ・く」

一言一言区切って言ってやると、さすがの帝王も眉間に皺を寄せる。

「そこまで嫌われる理由がわからんな」

「胸に手を当てて〝よっく〟考えてみろよ」

メイプル味のスフレをほおばる。口に広がる甘い香りと濃厚な甘みに、う～んこっちも最高だぜ、と声に出さず思う。

「ないな」

即答されて、馨はがっくりと肩を落とす。ああ、こいつはこういう奴だ！

「だからテメェは嫌われるんだよ！」

「事実ではないな。人に恐れられたことはあるが、嫌われたことはない。好意を寄せられた数は覚えがないほどだ」

「じゃあ、俺がその第一号になってやるよ。俺はお前を怖くもなんともないもんな。ただ嫌いなだけだし」

「私が嫌いか?」

「当然!」

その瞬間帝王が妙な顔をした。いや妙というのは言い過ぎかもしれない。帝王は、ただ馨をちらりと見ただけだ。すぐに視線を外《はず》して、落ち着いた顔で珈琲をすすっている。

ただ、その目がなんというか、これまで見た自信たっぷりのそれではなく、まるで捨てられた子犬……というにはこいつはふてぶてしすぎるけど。

「ん……まあ、顔を見るのも嫌ってわけじゃねぇよ。こうして茶を飲んでいるわけだし、性格は最低だけど、お前、ケンカの相手としちゃあ歯ごたえあるからなあ」

なんでこいつを慰《なぐさ》めるような言葉をかけているんだと思う。

「それは好意と言わないか?」

「調子に乗るなよ。俺はお前のこと好きでも嫌いでもない。甘い言葉ほざいてほしけりゃ、お前の星の数ほどいるらしい愛人に言ってもらえよ」

「素直なだけの人形には飽《あ》きた。私はお前がいい」

それは帝王の愛人の誰かが聞いたなら、喜んだ言葉かもしれない。だが、馨は怒りに全身の血が一気に沸騰《ふっとう》するのを感じていた。

「お前の愛人達は人形なんかじゃねぇ。ちゃんとした人間だ」

しかし、いつものように帝王に食ってかかるのではなく、その口調はむしろ冷静で静かだ。

「お前が何人愛人抱えようが、それが男だろうが女だろうがカマだろうが俺には関係ねぇよ。俺を巻き込まない限りはな」

そう、男同士なんて馨は一生ご免だが、しかし別に恋愛差別があるわけじゃない。恋人を複数抱えようが、それが愛人という身分だろうがだ。本人同士が、それで納得してるなら、いや無理矢理だって口出しする気は、まったくない。

だけどだ。

「これだけは言っておいてやる。お前の愛人達はお前のことが好きなんだぞ」

もしかしたら、こいつの持つ権力だとか、獅子財閥の力とかそういうのが目当ての奴もいるかもしれない。いや、そんな奴ばっかりだったら、いっそこいつが哀《あわ》れだろう。

そういう愛人にかしずかれて、いい気になっているのだから。

「そんなことはわかっている」

馨の言いたいことがわからないのだろう。帝王が戸惑《とまど》ったような顔をしている。ずっと自信たっぷりの傲慢な顔ばかり見ていたから、いい気味だと、少し胸のむかむかがすっとする。

「当たり前だって言うか？　好きな相手が、複数の恋人……どころか愛人なんてものを抱えてる。その愛人達の気持ちをあんたわかってるのか？」

「嫉妬《しっと》などという醜《みにく》い感情とは、私の愛人達は無縁だ」

「そう思ってるなら、お前、相当おめでたい性格だよ」

ガキの頃に読んだ絵本を思い出す。裸《はだか》の王様ってやつだ。

そいつが目の前にいる。この小さな学校《王国》の馬鹿な王様。何でもできて優秀で、望むものは何でも手に入ったのだろう。

でも、肝心の人の心はなにもわからない。見えない。

「お前さ。俺がお前のものになってやるから、今までの愛人と全て別れろって言ったらどうするよ？」

「……………」

おそらく帝王の経験上、言葉に窮すなんてそうないことに違いないと思う。馨は「よそうぜ。冗談だ」と微笑したが、それは相手を言い負かしたという会心《かいしん》の笑みではなく、ひどく苦いものだった。

「物珍しいから俺に声かけたんだろう？　だけど俺は絶対にお前の愛人なんてものにならな

ないのは確実だ。お前はお前で、今までの愛人達と仲良くやりな。それが平和ってもんさ」

そう、こんな男でも慕《した》っている奴はいて、その中ではうまくいっているのだ。それをかき乱すつもりも、壊すつもりも馨にはない。

「じゃあな。茶と菓子はうまかったぜ」

馨は礼を述べて、帝王の返事を待たず部屋をあとにした。

♛

午後の授業に戻る気にもなれず、放課後まで馨はぶらぶらして過ごした。

あのくそ帝王の相手をしたのだ、むしゃくしゃして当然だが……。

――なんだろうな。この気持ちがどんより重いのは。

顔を見ればむかついて怒鳴りたくなる奴ではあるが、しかし、ケンカの相手としては歯ごたえのある奴だと思う。さっきだって、ケーキもうまかったし、会話もまあ……怒鳴りまくっていたわりには、けして嫌じゃなかったのだ。

ただ、最後のあれが引っかかっている。

――別に、あいつが人の心がわかんねぇ冷血《れいけつ》でも人でなしでも、俺には関係ないのに……。

　あいつと愛人達の関係は、それで完結してるのだろう。だけど、それがなんでこんなに……悲しいのか。

　そこまで考えてハッ！と目を見開く。なんで悲しい!?　あいつが十人愛人つくろうが、二十人つくろうが、たとえ千人つくろうが、あいつの勝手だ！

「俺には関係ねぇ！」

「あれ？　かお……じゃない高円寺君？」

　握り拳で叫んだ校舎の廊下。声をかけられ振り返れば、そこには尾多賀重人がいた。

「髪切ったんだね。その短いのもよく似合う……ぐえっ！」

「てめぇ！　この俺があのクソ帝王に声かけられた時、逃げやがっただろう！」

　思わず胸のムカムカの八つ当たりで、重人の首を絞《し》める馨だった。

「か、馨ちゃん、ぐ、ぐるちぃ」

「高円寺と呼べと言ってるだろう！」

　がしがしと揺さぶれば、降参！　降参！　というように、後ろにあった壁をぱたぱたと叩いたので、ポイと離す。

「こ、高円寺君」

「なんだよ?」

「お茶でもどうかな?」

「は?」

間抜けなナンパのような言葉に、馨も間の抜けた返事をした。

♛

出てきたのは、インスタントの珈琲。埃《ほこり》っぽい高校の部室で出されるものなんて、これが普通だろう。何部かというと、写真部。重人はここの部長をしているという。

「まだ授業が終わったばかりだからさ。みんな来てないみたいだね」

「ふうん……」

なんの関心もなく返事をして、開けはなった窓の枠に腰掛けた馨は、重人から渡された紙コップに口をつけて顔をしかめた。

「苦い!」

重人に突き出せば、あわてて砂糖とミルクを入れられる。それをかき回して飲めば……。

「マズイ!」

「仕方ないよ。インスタントだからね。エンペラーのところとは違うよ」

「何で、あいつの名前が出てくるんだよ！」

「だって、エンペラーとさっきまで一緒にいたんでしょ？　午後の授業中は、みんなそのうわさ話で持ちきりだったし」

「好きで一緒にいたわけじゃねぇよ」

それでもひとときは、なんとなく楽しかったのだが、出て行くときは気まずかった……。

いや、あいつに気まずくなる必要なんかないんだけど。

パシャリと音がして、フラッシュのまぶしさに目を閉じた。

「あ、いま閉じちゃったね。もう一枚」

フイルム撮影なんて、今時クラシックを通り越して骨董品《こっとうひん》のカメラを構えて重人が言う。

「おい、無断撮影は禁止だ」

「固いこと言わないでよ。高円寺君の写真なら高く売れるよ」

そう言いながら、重人はパシャパシャと連続で撮る。

「売るなよ」

「売り上げの半分は渡すからさ。協力してよ。貧乏なんだよ写真部」

そんな骨董品みたいなカメラ買ってりゃ、そりゃ金欠だよなと思う。普段の馨ならすかさずフイルムを取り上げているところだが、しかし、今はなんとなく落ち込んでいるため、気がそがれた。

まあ、撮り終えてからでも、カメラごとぶっ壊せばいいかと、重人が知れば泣きそうなことを考えながら口を開く。

「あのさ、あいつの愛人ってたくさんいるのか？」

「エンペラーのこと？」

「ああ」

なんでこんなこと聞いているんだと我ながら思う。

「さあ、正確な数はよくわからないかなぁ。主なところだと十人ぐらい？　でも一夜だけのお手つきなんてのを数えると、五十人ぐらいにはなるんじゃないかな」

「やっぱ最低だな、あいつ」

ハーレムや大奥じゃあるまいしと思う。さながら帝王は馬鹿殿様だな。

「一番有力な愛人は葵の上だよ」

「ああ、お前が気を付けろって言っていた奴だな」

教室で見たときには、強い視線をぶつけてきたものの、馨から見れば綺麗なだけで、直接どうこう危害を与えられるタイプには見えなかったが。

「違うよ。問題なのは葵の上じゃない。その取り巻きだよ」

「親衛隊ってやつか？」

「それとプラス、葵の上以外のエンペラーの愛人軍団だね。これが手を組んだとなるとやっかいだ」

「そいつらが俺に文句があるって？」

さすがに男同士のことが理解できなくても、昨日からこっち、一連の帝王の行動で、馨にもなんとなくそこらへんは察することができる。

もっとも、男同士で惚《ほ》れた腫《は》れただの、不毛でしょうがないと、内心ため息の嵐《あらし》だ。

「帝王の奴は、自分の愛人なら嫉妬しないなんて、抜かしやがっていたけどな」

「それはエンペラーの手前だよ。そんなもの見せようものなら、どんな有力な愛人でもあの人に切り捨てられるのは目に見えているもの」

その分陰《いん》にこもった愛人どもの復讐《ふくしゅう》は恐ろしいのだと、自分のことでもないのに重人が身を震わせるそぶりをする。

「質《たち》の悪いのは男の嫉妬ってやつか？」

「そういうこと。だから馨ちゃんも気をつけてね」

口を動かしながらさらに写真を撮ってるせいだろう、呼び名がまた元に戻っているが。

――ま、いいか。

なんとなく馨もどうでもよくなってきた。

「あ、ちょっと笑ってくれるかな？」

カメラを構える重人が言う。

「そう簡単にへらへら笑えるかよ！」

「馨ちゃんが笑えば、ビーナスも裸足《はだし》で逃げ出すと思うんだけどなあ。笑顔のやつが一枚あれば、生写真の売り上げもアップするし」

そのあまりにベタな褒《ほ》め言葉に、馨は思わず噴き出し、重人は「そう、それそれ！」と上機嫌でさらにシャッターを押す。

「半分よこせよ」

「え？」

「売り上げの半分だよ。くれるんだろう？」

「いいの？　写真売っても？」

自分で言ったクセして、重人が驚いて見る。「ああ」と馨は頷く。

――どうせ、ここで二回目の学生生活を送らなきゃならないのは決定らしいからな。

それまでせいぜい楽しんですごそうと開き直ったのだ。

「やった！　写真部の売り上げ協力ありがとうございます！」

「なんなら、上半身裸になってやろうか？」

ジャケットを脱ぎ、シャツの前を開ける。

「い、いいいっ！　そのままでいいから！」

「なんだよ。人がせっかく脱ぐって言ってるのに」

「馨ちゃんのセミヌードは惜《お》しいけど、エンペラーに殺されそうだから……」

「なんで、あいつが俺の裸に関係あるんだ？」

言いながら、シャツの前を合わせたそのとき、部室の扉が乱暴に開かれた。

重人がその派手な音に驚き、振り返り青ざめる。

扉を開いたままの姿勢でこちらを見ているのは、教室にいたニキビ面。その後ろにも、ごつい顔つきをした面々が勢揃いしている。

「高円寺馨君。少し話がしたいので、一緒に来てもらいたい」

言葉は丁寧だが、しかし高圧的《こうあってき》な眼差しは有無をいわせぬ迫力がある。

自分が睨まれたわけでもないのに、重人は真っ青になり、馨は。

「いいぜ」

とあっさり答える。その顔にはなんの恐れもない。むしろ、口元には事件の発生を楽しんでいるような不敵な微笑み。

「馨ちゃん！」

「ではこちらへ」と言われ、すたすたと自分の前を通り過ぎていく馨を、重人は呼び止める。が、『なにか文句《もんく》があるか？』と彼らに睨まれて『行っちゃいけない！』とその言葉が出なかった。

結局重人は、大柄な男達に囲まれた、その小さな背中が扉の向こうに消えるのを見送るしかなく……。

「た、大変だ！　か、馨ちゃんが！」

頭を抱えて叫ぶしかなかった。

5

一方、帝王もあのまま午後の授業に出ずに、生徒会室のその奥にある会長室にこもっていた。

一流企業の重役室に置いてあるような重厚な飴色《あめいろ》の机に肘《ひじ》をつき、革張《かわば》りの立派な椅子の背もたれに寄りかかれば、きしりとかすかに音を立てる。帝王はさっきからこの姿勢のまま微動だにしない。

考えずとも、浮かぶのはあの小生意気な馨の顔。

黙っていれば名工《めいこう》が作り上げたビクスドールか、日本人形か。しかし、口を開けば罵詈《ばり》雑言《ぞうごん》のあのギャップといったら。その上、あのスタミナ切れさえなければ、自分と対等に戦う腕前だ。

一目で気に入った。知れば知るほど手に入れたいと思った。このじゃじゃ馬を乗りこなせば、さぞ爽快《そうかい》だろうと。

しかし。

『お前の愛人達は人形なんかじゃねぇ。ちゃんとした人間だ』

他の人間に言われたなら、鼻で笑っただろう。愛情のない関係だと、初めから相手も納得ずくなのだ。他人がどうこう言うことではない。

『……お前の愛人達はお前のことが好きなんだぞ』

好きだの嫌いだの、そんな子供じみた感情で、自分は動きはしない。甘い正義感を振りかざして意見などするな……とそう言ってしまえばそれまでだったのに、言えなかった。

こちらを真っ直ぐ見た馨の瞳は、いつものように激しい怒りに燃えているだけではなく、どこか悲しげだったのだ。

『お前さ。俺がお前のものになってやるから、今までの愛人と全て別れろって言ったらどうするよ?』

あのとき、自分が『そうしよう』と答えたなら、馨はどんな表情をしただろう?

慌てて『冗談だ』と取り消しただろうか。いや一番考えられるのは『ふざけるな!』と怒鳴る可能性だ。自分が冗談を言ったとそう思って。

確かに冗談だ。馨一人のために愛人達と別れることなどできない。愛人達と別れるのがもったいないというわけではない。帝王には彼らにそんな愛着《あいちゃく》はないのだ。あの全校生徒にアイドル扱いされる葵にさえ……。

そこで帝王はクスリと笑う。なるほど自分は酷い男だと、今さら気づいたのだ。いや、自分がそういう冷血漢《れいけつかん》であることぐらい知っていた。というより、むしろそれを誇りに思ってきたのだ。

たった一人の愛人候補のワガママに振り回されて、全てを切り捨てるような愚《おろ》かな真似は、将来の獅子財閥の総帥としてできない。そういうことなのだ。

帝王の行動原理の全てはそこに帰結《きけつ》する。

常に冷静であれ。己の感情にも他者の感情にも惑《まど》わされず、正確な判断を下せ。

大財閥を背負うため、祖父のあとを継ぐため……敷かれたレールなどとは帝王は思っていない。

自分同様冷徹《れいてつ》な祖父は、帝王にその資格なしと認めれば、たった一人の孫息子だろうと、ためらいなく切り捨てるだろう。

だからこそ、自分が獅子財閥を将来背負って立つにふさわしい能力と資格があるのだと……それを誇《ほこ》りに思い、その前には感情など障害になるだけだと思っていた。冷徹と言われること、人でなしと罵《ののし》られることを恐れて、企業のトップなど務められないのにだ。

どうして、あのときの馨のあの顔、あの瞳がこんなにも心に残っているのか。痛みさえ感じるのか。

「これこそ、感情に囚《とら》われていると言わなくて、なんと言うのだろうな」

一人呟いて苦笑する。まったく、自分がこんなことで思い悩むなど。

「エンペラーにご報告があります！」

隣の生徒会室が突如騒《さわ》がしくなり、飛び込んできたのは昼間、馨と一緒にいた生徒だ。

「馨ちゃんが大変なんです！」

「馨が？」

帝王が聞き返したので、重人が会長室に突進するのを防ごうと押さえていた助川《すけかわ》と角田《かくた》がその手を離す。助川は会計、角田は総務として帝王を補佐している。

「どういうことだ？」

「それが、葵の上の親衛隊が、馨ちゃんに話があるって呼び出したんです！　僕が散々、親衛隊には気をつけるようにって直前まで注意していたのに、馨ちゃんったらあっさりと『いいぜ』なんて応じちゃって……」

「ああ、馨ちゃんがあんな男達に……」と嘆《なげ》く重人には一瞥《いちべつ》もくれず、帝王はその後ろに控《ひか》えていた助川と角田を見る。

「馨を捜せ。人を使ってもいいが、一般の生徒には知られないようにしろ！」

「はい！」

あの馨のことだ。被害者になるどころか、過剰防衛《かじょうぼうえい》でやりすぎていないとも限らない。そうなれば、相手もそれなりの家の子弟達だ。馨が警視総監の息子などという立場であるだけに、事が公《おおやけ》になればうるさい。

そこまで考えて、あのじゃじゃ馬のことを一番に考えて動いてる自分の思考に苦笑する。そして、部屋を出て行こうとする部下二人を「待て」と呼び止める。

「私も行こう」

あのじゃじゃ馬が本気で暴れたとき、止められるのはたぶん自分一人しかいないだろう。

♛

一方、馨。

定番の校舎の裏の林なんて場所に呼び出されたのまではよかった（？）が、そこから先の展開は馨の想像と違っていた。

馨を連れてきた葵様の親衛隊とやらは後ろに引っ込んで、代わりに周りを取り囲んだのは、いかにもひ弱でなまっちろい集団。帝王の愛人軍団というやつだろう。

「君なんかがエンペラーに近づいていいと思っているの？」

値踏《ねぶ》みするようにこっちを頭のてっぺんから足先まで眺めた上に、そのなまっちろい集団の一人が口を開いた。

「あいつが勝手に近づいてくるんだ。俺の知ったこっちゃ……」

一応答えてみるが、その馨の返事が終わるか終わらないか。「今の聞いたぁ！」と集団の中のもう一人が声を張り上げる。

「エンペラーのことをあいつ呼ばわり！　オマケに〝俺〟だなんて、下品《げひん》な一人称」

「それだけじゃないよ。やることなすこと全部下品なんだから。彼のお里がどこかなんて、昨日と今日の発言でみんな知ってるよ」

くすくす、くすくす、馬鹿にしたような笑い声を立ててささやき合っている。馨としては十分不愉快《ふゆかい》でぶち切れてもおかしくない状況なのだが、どうにもこの女の口げんかみたいな雰囲気では調子が狂う。だいたい男だとわかっていても、こんな弱々しい奴らをぶん殴るというのも、後味《あとあじ》が悪い。

その馨の沈黙をどう受け取ったのか……おそらく自分たちの嫌みにへこんでいると誤解でもしたのだろう。最初に口を開いた一人がつかつかと馨の前に立つ。

「いい？　君がどう誤解してるのかわからないけど、エンペラーは君のような珍種に出会ったことがなくて、ちょっと遊んでみたくなっただけなんだよ」

珍種とは、人のことを密林のジャングルにいる幻《まぼろし》の動物扱いかよ！　と馨は内心毒づく。

「黙って聞いてりゃ調子にのりやがって」

「なに？　なにか反論……」

「あるの？」と聞こうとした馨の目の前に立つ帝王の愛人その一は、その迫力たっぷりの眼光《がんこう》を受けて舌を凍《こお》り付かせた。

「ぺらぺらぺらぴーちくぱーちく、電線にとまった小雀《こすずめ》みたいにさえずりやがって！　奴らのほうがまだマシだな、耳障《みみざわ》りな人間の言葉を話さねぇ分だけな！」

まともに馨の罵詈雑言を受けることになった愛人その一は、唾が飛ぶほどの距離でまくし立てられて、へなへなと地面に座り込む。しかし、他の愛人どもは少し離れていたせいもあるだろう。顔を引きつらせながらも、なお言葉をつらねようとした。

「い、今の聞きましたか？」

「やっぱり僕たちとは違う世界の方のようですね。およそ彼の口から飛び出す言葉こそ、人の言語とは思えない」

「黙れと言ってるだろう！」

馨は迫力ある声で一括《いっかつ》し、愛人達の口を塞ぐ。鬼室長の一声は、百戦錬磨《ひゃくせんれんま》のテロ対策分室の猛者どもでさえ、震え上がらせたのだ。その声は甲高くなったとはいえ、こんな奴らなど、その怒鳴り声だけで吹けば飛ぶような存在だ。

切れ長で大きな目が完全に据わっていて、光さえ帯びているように黒々と、なまじの美貌であるから、迫力は満点だ。

「それ以上くだらねぇこと抜かしやがったら、テメーら一人一人捕まえて、バリカンでその頭丸坊主にしてやろうか？　それこそ、そんな坊主頭でもテメーらが敬愛する帝王様が愛して下さったら、そいつの価値こそまさしく本物だな」

ふふふ……と笑う馨は、なまじ整っている顔だけに妖気《ようき》さえ漂っているように見える迫力だ。切れ長の大きな目は完全に据わっていて、赤い唇は艶やかにつり上がり、本気だ！こいつは本気だ！　と愛人達がびびり、中には「ゆ、許して！」と泣き出す者がいても仕方ない。

しかし、ここで負けてしまっては、馨を呼び出した意味がないと焦《あせ》ったのは、後ろにいた親衛隊の連中だ。

「ま、まったく！　葵様とは比べものにならないな！　この下品さは！」

と慌てるあまり、今までの愛人達の嫌みからすれば、あまりひねりも強烈でもないことを言う。上回っているとすれば、張り上げた声の大きさだけだ。

もちろん、そんな声など馨にとっては、痛くも痒《かゆ》くもない。まして、頭に血が昇ってる今なら、逆効果だ。「あーん?」と応じ。

「お前達もな！　そんなにお大切な葵様ならな！　まずはあの馬鹿帝王の身勝手から守るのが、本当に葵様のお為ってやつだよ！　なんならお前が葵様を口説《くど》いて、自分のもんにしちまえば問題は解決ってやつだな！」

「あーそうだ！　それがいい！　お前が口説け！」という馨の言葉に、口を開いた男は怒りではなく恥辱《ちじょく》から真っ赤になる。

「わ、私などが葵様を口説けるか！　葵様は神聖にして不可侵《ふかしん》で絶対の存在なのだぞ！」

とまるでどこかの怪しい宗教の信者のようなことを言う。

「テメーらの葵様っていうのは仏像か？　それとも美術品か？　眺めているだけで、満足してるなんてテメーらは、フェチで変態だな」

「なんだと！」

「ああ！　それともインポで勃《た》たねぇんだろう？　そういうことか！」

馨の経験上、どんな男でも不能呼ばわりされて怒らない男はいない！　怒らなかったらそいつは男じゃないと断言してやる！

案の定、今度は怒りで顔を真っ赤にした男が殴りかかっていた。そいつを、華麗なステップで避けて、深く踏み込んできたところの顎にアッパーカットを食らわせてやる。見事にふっとぶ男に親衛隊の奴らが、ざわめく。

「さあ、次はどいつだ？」

「このっ！」

「調子に乗るな！」

ニヤリと笑い挑発《ちょうはつ》すれば、男達が次々に襲いかかってくる。ねちねちとした口げんかから解放されて、馨は嬉々《きき》としてそいつらの相手をしてやることにする。やっぱりケンカは殴り合ってなんぼだ！

右から殴りかかって来た奴の拳が届く前に、腹を深く蹴り上げる。左からきた奴の頬に拳を食い込ませ、後ろからつかみかかってきた奴の腕を捕らえて、背負い投げ一本を決める。

一番最初に殴り倒した男が性懲《しょうこ》りもなく再び起き上がってきて、鼻血をたらしたままのものすごい形相《ぎょうそう》で正面からやってくる。もう一度おねんねしたいのか？　とその顔面に見事なストレートを決めようと思ったら、横から出た手に受け止められた。

このっ！　生意気なとそいつに回し蹴りを食らわすと、今度は身体のまえで腕をクロスさせて見事なディフェンス。おっ！　やるな！　と思ったら。

「まったく、お前は予想通りやってくれていたな」

腕を降ろして、帝王が呆れたといわんばかりにため息をつく。

「帝王？」

なんでこいつがここにいるのだ？　と馨の目は丸くなる。

「怪我《けが》はないか？」

そう聞かれて馨はさらに驚いた。こいつが俺の身体の心配？

額《ひたい》にかいている汗は、彼がそうとう走り回っていたことを示していて、それって俺を捜すため？　と誤解しそうになる。こいつがそんなことするはずないのに。

「俺がこんな奴らにやられるかよ！」

照れくささを隠すために、わざとぶっきらぼうに声を張り上げる。

「確かにやりすぎていないか、心配だったがな」

そう答えながら、帝王は地面に転がりうめいている親衛隊の面々を一瞥する。

「これはどういうことだ？」

帝王に問われて、愛人連中も親衛隊の奴らも言葉がない。

「どんな言い訳も通用しない事態だな。お前達には寮の自室での謹慎《きんしん》を命ずる。三日間、授業にも出なくていい。教職員にも生徒会から通達を出しておく」

みんなが悄然《しょうぜん》とした様子で、それでもエンペラーの命令には逆らえないというように、「はい」と返事する。

彼らは、三日の謹慎処分でしょげているわけではなかった。恐ろしいのはその先。この謹慎は、自分たちの処遇《しょぐう》を決定するための期間の猶予《ゆうよ》で、正式な罰《ばつ》は追って知らされるものだと。

「以上だ。今回のことはそれで不問とする」

その帝王の言葉に、みんなが弾かれたように彼を見る。帝王の後ろにつきしたがっている、助川と角田も同様。

「ただし、ここで起こったことは一切他言無用だ。ここにいる誰かの口から、事件のことが漏れたとわかったら、そのときは厳重《げんじゅう》な罰を下す。いいな」

再び「はい」と答えながら、しかしみんなの顔はやはり信じられないという表情だ。厳格な帝王がこんなうやむやに事件の決着をつけるなど、腑《ふ》に落ちないという顔。

とはいえ帝王の決定は絶対であり、まして自分たちの首が皮一枚でつながった親衛隊と愛人達としてはホッと胸をなで下ろしたのだが。

一人納得できないのは……。

「なんだよそれ！」

馨は腕を組み、いかにも怒ってます！　というポーズで帝王に食ってかかる。

「たった三日の謹慎なんて、ちっとも罰になってないじゃねぇか！」

「ああ、言い忘れたが、お前も謹慎だ」

「はあ!?　なんでだよ！」

馨とすれば大心外だ。ますます声を張り上げいきり立つ。

「元はといえば、こいつらがつっかかってきたんじゃねぇか！」

「ケンカ両成敗《りょうせいばい》だ。それでもお前は呼び出されたほうだからな。一日の謹慎とする。これでこの話は終わりだ！　いいな！」

「よくねぇよ！　ぜってぇよくねぇ！」

一日だろうとなんだろうと、同じ謹慎処分にされるなど馨としては納得などできない。

「わかった、文句は別の場所で聞いてやる！」

帝王はおもむろに馨の足下にかがみ込むと、その足を抱えて肩に担ぎ上げた。まるで荷物かなんかのようにだ。

「ば、馬鹿！　なにするんだ！　離せよ！」

馨は当然驚き暴れるが、がっちり回った腕はびくともしない。それでも諦める馨ではなく、暴れてわめき続けるが、しかし、帝王はそれに頓着《とんちゃく》せずに悠然《ゆうぜん》とその場を後にする。

愛人達と親衛隊は呆然とその姿を見送った。

♛

「離せよ！　この人さらい！　女衒《ぜげん》！　人身売買の極悪人!!」

「獅子財閥はそんな闇の商売はしていない！」

「まともに答える馬鹿がいるか！　アホ！」

「この私に、馬鹿だのアホだの言えるのはお前だけだぞ！」

「ああ、それならいくらだって言ってやらぁ！　この馬鹿！　アホ！　スケベ！」

「誰が助平《すけべえ》だ！」

肩に乗せた馨と言い合いをしながら、帝王は学院の廊下《ろうか》をずんずん歩いていく。当然、それは注目を集めるところである。が、それをやっている人物が人物なので、みんな見て見ぬふりをする。

「おい！　そこ！　目を反《そ》らさないで、この人でなしから、俺を助けろよ！」

「助ける必要はない。これはこのじゃじゃ馬をしつけるのに必要な措置《そち》だ」

「あ〜、誰がじゃじゃ馬だ！　だいたい、それは女に使う言葉だろう！」

「似たようなものだろうが！」

「なんだと！」

やはりというか当然というか、馨の助けを求める（？）叫びはことごとく無視されて。たどり着いた先は生徒会室。革のソファーの上にぽとんと降ろされた。

馨はとたん帝王に食ってかかる。

「なんで俺まで謹慎処分なんだ!?　ケンカ両成敗だってお前は言うけど、俺じゃなきゃ確実にあいつらのリンチの餌食《えじき》になっていたぞ」

「逆に言えば、お前ならあの程度の腕の奴らならば、軽くあしらって逃げることもできたと言うことだ」

「逃げるなんて性に合わねぇよ！　それにあとに引くのもいやだったからな、ここでがつんと！」

「一発な！」とにっかり笑う馨に、帝王は頭が痛いとばかり額を押さえ、ため息をつく。

「それは過剰防衛の言い訳か？　お前に投げ飛ばされた一人など、他人の手を借りなければ歩けないような有様《ありさま》だったぞ」

「そりゃ、そいつの受け身が下手なんだよ！」

「とにかく、明日一日はおとなしくしていろ」

「やだね！」

「馨！　お前はともかく、明日顔に青あざをつくった奴らが教室に現れてみろ。ここの噂好きの雀たちが喜び勇《いさ》んで話に花を咲かせるぞ」

「どっちにしたってみんな怪しいと思うさ。親衛隊どころか、あんたの愛人連中まで姿を現さないとなればな」

「だから一日で抑え込むと言っているのだ。それには話の中心であるお前がいないほうがいいからな。とにかく部屋でおとなしくしていろ」

馨から見れば、帝王のそんな言葉はどう考えても、この事をうやむやにすませようとする態度にしか見えなかった。

同時に、帝王に対する軽い失望感が広がる。結局、こいつも自分の身内は可愛いのだ。大事にして愛人達を傷つけたくないし、まあ、もしかしたら、愛人達の中では一番のお気に入りだという葵の親衛隊をかばいたいのかもしれない。

だけどだ。ならそう素直に言えばいいのに、もったいぶった建前《たてまえ》振りかざして馨を納得させようとする、そのやり方が気に入らなかった。

まったく、傲慢で自分に自信たっぷりなこいつらしからぬ行動だ。俺がそうしたいんだ！　悪いか！　ぐらいほざいてみろっていうの！

「まあ、俺の謹慎はいいよ。あいつらをぶん殴ったのは確かだしな。だが、あいつらの処分はどう考えても納得できないね」

こうなったら言いたいこと言って、すっきりして明日、謹慎になってやろうじゃないか！

「たった一日の謹慎なんてクソ食らえだ！　なんなら、退学処分にしてくれたっていいんだぜ！　そうすりゃ、あいつらだって放校処分だ。いや……おぼっちゃまだから体面《たいめん》を気にして自主退学にしてくれって泣きつかれりゃ、元愛人だ。お前も弱いかもな。軽く許しちまうか？」

「…………」

「獅子財閥の将来の総帥のお前なら、生徒の一人や二人を処分するのも簡単だろう？　この学校は元々獅子財閥の経営だって聞いたしな。いうなら、ここはお前の王国で、お前はそのなんでもできる王様みたいなもんだろう？」

いくらなんでも言い過ぎたとは思ったが、止まらなかった。帝王の煮え切らない態度にもイライラしていたし、愛人達を特別扱いするその行動も気に入らなかった。

「わっ！」

馨が言い終わった瞬間、帝王に押し倒されていた。並の相手ならば、身体が反射的に対応できたのだろうが、相手が相手だ。

気がついたときには、背はソファーに押しつけられて、手は顔の両脇にがっちりと押さえられていた。蹴り上げようにも、押し倒されたこの体勢では、帝王の身体が密着していて上手くできない。

「私が、獅子財閥の権威《けんい》をバックに、この学院に君臨《くんりん》していると言うのか?」

静かな声だった。だがそれが逆に怒りの深さを物語っていると思う。まっすぐ見る瞳も、暗く青白い炎が燃えているようだった。こちらがつらくなるほど痛い眼差しなのに、それでも目を反らすことができない。

「お前は私をそういう男だと見ていたのか?」

「悪かった」

素直に謝《あやま》ったのは、確かに酷い言葉を投げつけたという自覚があったからだ。

「今のは言い過ぎだった、だけど……お前だって、あいつらのこと、うやむやにしようとするから……」

言いながら、帝王の吸い込まれるような目が怖くて、反らした。自分が悪いと思いながら、それでもこんな言い訳じみたことを言っている自分のほうも、卑怯者だと思いながら。

だけど、帝王が愛人達をかばったことが、やっぱりどこかで引っかかっていて。

「私が今回の騒動を不問にしたのは、お前のためだ」

「俺の？」

「お前は自分の立場をわかっているのか？　警視総監の息子が暴力事件を起こしたなどと、マスコミが知ってみろ。それこそスキャンダルのかっこうのネタだぞ」

「そんなことぐらい……」

「お前は傷つかないか？　だが、お前の父親の立場を考えてみろ。息子の責任は親の責任ということで、下手をしたら立場を追われかねない」

「そんな！　関係ないだろう！」

息子の身体を傷つけたくないという理由で、脳移植を許してしまうような変態父親ではあるが、しかし馨は、高円寺の警視総監としての能力を買っていた。なにしろ、問題だらけの十三課を、それでも実績を上げているとしてかばい続けてくれたのは、あの高円寺なのだ。

それがたかだか自分の起こした、ガキ相手のケンカで役職を追われるなどあってはならないことだ。

「だが、彼らを処分すれば、おとなしくこの学院から去る者達ばかりではないぞ。彼らの親はそれなりの家のものばかりだ。もちろん、マスコミにもパイプがあるだろうし、政治家へのパイプもある。そこから、警視庁に圧力がかかるようなことがあれば、いかにお前の父親が他に対立候補がいないほど安定した立場だろうと、たちまち足場がぐらつくことになるぞ。警視総監という椅子は、警察関係者にとってはそれなりに魅力的な地位だろうからな」

「……俺は十回生まれ変わっても、あんな飾りものみたいな地位には座りたくねぇけどな」

馨が目指し憧《あこが》れたのは、昔、見た映画のアクション俳優演じる刑事であって、ふんぞり返っている悪役の総監ではないのは事実だった。

「お前は警視総監ではないだろう?」

「冷静な突っ込みありがとうよ」

「とにかく、明日一日はおとなしくしていろ」

「わかったよ」

承知するしかない。自分のためだと言われて、どう反論しろというのだ。しかも、自分はそれをケンカ相手のためだと誤解して、帝王に食ってかかったのだから、なんとも決まりが悪い。

そこまで考えて、首に感じた柔《やわ》らかな感触に驚く。

「てっ!」

気がつけば帝王が自分の首筋に顔を埋めている。うなじに口づける唇の感触に、ぞくりと背筋に震えが走る。

「な、なにしてんだよ！」

「私の怒りはまだ収まっていないのでな」

答える声はあくまで冷静、その上、片手でばらばらとシャツのボタンを外す、手際もお見事だ。……って感心してる場合じゃない！

「それがなんで！　これにつながるんだよ！」

暴れようにも、がっちりしっかり押さえ込まれている。いくら馨が格闘技に優《すぐ》れていても、この体格差で覆い被さってこられるといかんともしがたい。

——やばい！　こいつマジだ！

裸の胸。ゆっくりと滑り降りる手の感触にぎゅっと目をつぶり、叫ぶ。

「謝る！　ごめん、すまない！　あと土下座でもなんでもしてやるよ！」

まるきり降伏宣言だったが、しかし、やられるよりはマシだと思った。

「今さら謝罪など不要だ。どうせ私のことを、権力を利用して人をいたぶるような、そんな奴だと思っているのだろう？」

「ち、違うって！　冷静になれよ！　こんなことで怒るなんて……」

「ああ、こんなことだ。お前にとっては。だが、私にとっては、お前にそんな卑小《ひしょう》な男だと思われていたなんて屈辱だ！」

馨の一言は帝王の高いプライドを傷つけ、どうやらその逆鱗《げきりん》に触れたらしい。

「他の者が言ったのなら、私は絶対にその者を許さない。視界から一生抹殺《まっさつ》してそれきりだ！」

「だったら俺もそうすりゃいいだろう！」

「お前はそれ以上だ」

帝王の一言に馨は息を飲む。その黒い瞳に一瞬黄金の炎が燃え上がったように見える。

「そんなに……憎いかよ？」

「ああ、息が止まるほど憎たらしい」

そういうクセをして、帝王の手の動きは乱暴ではなく、むしろ優しげで、シャツの中に手を入れられ、背中を直接撫でられて馨は、反射的にのけぞる。脊髄《せきずい》を駆け上るのは熱いんだか、寒いんだかわからない刺激で。

「憎いなら、放っておけばいいだろう！　俺もお前なんか大っ嫌いだ！」

「そんなことは知っている！　だから抱くんだ！」

「最低だな！」

「だが、私のことは一生忘れないだろう？　初めての男だ」

「忘れる！　女じゃあるまいし！　犬に噛まれたのと同じだ！　忘れてやる！」

「なら、忘れないようにしっかりと刻みつけるまでだ。この身体に」

「っ……！」

ちくりとまた鎖骨《さこつ》の上に、甘い痛みを感じた。きっとあとになる。

「やだっ！　よせ！」

愛情なんてカケラもない行為なのに、あとを残されるなんてまっぴらだった。いや、行為自体を止めさせたいのに、押さえられた手足はぴくりとも動かない。圧倒的な雄《おす》の力で押さえつけられている。

本当にこのままこいつに!?

カタカタと身体が震える。怖くて、それなのに触れてくる手や唇は甘い感覚をもたらして馨を混乱させる。

「やだ、いやだ！」

「今さら、可愛らしい声を上げて哀願《あいがん》か？　だがもう遅い」

「俺は、あんたを軽蔑《けいべつ》なんかしてないっ！」

このまま誤解されたままで、こんなふうに抱かれるなんて、嫌だ！

意地になってあんな言葉を投げつけたのは、帝王が愛人達をかばっていると思ったからで、自分はそれが面白くなくて、だから……。

そこで馨は気づく。この感情はまるで……嫉妬だ！

「だからなんだ？」

「………」

答えられるわけなどない。自分が嫉妬していたなんて、そんなはずがあるわけないのに。

返事をしない馨をどう思ったのか、帝王は寂《さび》しく口元を歪めて、手を下へと滑らせる。

既にベルトを引き抜かれているズボンは、たやすくその手の侵入を許して。

「嫌っ！」

叫んでも手の動きは止まらない。やんわりとそれを掴まれたとたん、身体が熱くなる。

こんなの嫌なのに、まるで馨の心を裏切るように、触れた指の一つ一つに電流が流れたような刺激を感じて、びくびくと背が跳ねる。

「やっ！　やめろ！」

「嘘つきだな。熱くなってる」

「ちが……んんっ！」

固く芯を持ち始めたそれをゆっくりと扱《しご》かれて、思わず声が出た。その甘ったるい声に

頬を染める。こんな声が自分の口からこぼれるなんて、そのことに混乱した。

その自分を満足そうに見つめ獰猛《どうもう》な笑みを浮かべている男を、悔しくて睨みつける。

「そんな目をしても、ここは正直だぞ」

「っ……あ……」

先ににじみ始めた滴《しずく》を、ゆっくりと指で塗《ぬ》り広げられる感触。その滑りを借りてより滑らかに動き出す帝王の大きな手。

「あ……は…っ……」

こぼれ落ちるカケラのような小さな嬌声《きょうせい》を止められない。唇を噛みしめて閉じ込めようと思っても、そのたびに男の手と指が強く刺激を与えてくる。

「もう……っ……」

せり上がってくる感覚に、男の手を引きはがそうと必死にその甲に爪を立てた。だが、相手の手はますます残酷《ざんこく》に、馨の熱を煽《あお》る。すっかり濡れたそれをひときわ強く扱き、嬌声を上げさせ。

跳ねるその身体をきつく抱きしめ、「いけ……」と耳元でささやき甘く首筋を噛む。先をこじ開けるようにその指がつき立てられて。

「……っ！」

声にならない声。びくりびくりと小動物の断末魔のように小さく跳ねる身体。軽い虚脱《きょだつ》感《かん》に、呆然と男の胸に顔を埋《うず》める。

帝王が無言で、馨の汗に濡れた前髪をかき上げて、唇を押し当ててくる。

触れられてなにかが弾けた。

「ふ…………」

鼻の奥がツンと痛くなる。こんなことで……と思ったが、だけど止められそうにない。頬を伝う滴の感触。揺れる視界に目を見開く男の顔が見える。

「馨……？」

奴も呆然としている。当たり前だ。泣くなんて自分でも信じられないんだから。

「泣くな」

そう言って伸ばされた手を、嫌々と首を振って振り払う。泣き顔を見られたくなくて、でも両手は自由にならず、顔を背《そむ》ければ、まるで子供にするように腕の中に抱き込まれていた。

「すまなかった」

大きな手が髪を撫でる感触。もう片方の手はまるで小さな子をあやすように、ぽんぽんと背中を叩く。

「あやまって……すむかっ……！」

嗚咽《おえつ》で声が詰まってうまく言えない。ひっく……なんて、息をつくのをみっともないと思う。小さな子供じゃあるまいし。

「ごめん、馨」

涙に濡れた頬。滴を吸い取るように、まなじりに唇が軽く吸い付いて。反射的に瞑《つむ》った目。ふるりと自分でもまつげが震えるのがわかった。もう帝王は怖くなくて、だけどこうやって抱きしめられていると胸が切ない。

「もう……いい……んっ！」

両手を突っぱねて腕の中から抜け出そうとすれば、口づけられた。こいつ……！　と思ったが、嫌じゃない。雰囲気に流されたにしても、男と……こいつとなんて……気が狂っていると思う。

だけど抱きしめる腕は心地よく、唇も指もまた泣きたくなるほど優しいから、抵抗できない。

息ができないと、とんとんと肩を叩けば、唇を軽く離してくれた。息を吸い込んで、それを見計らったようにまた口づけられて、舌が絡んで、今度は自分からも応えてしまって……これは無理矢理だなんて、言い訳にならないな……とどこか遠くの意識で思う。

「あ……」

唇が離れて、こぼれた滴を追いかけるように唇が首筋を滑り降りる。頸動脈《けいどうみゃく》の上、とどめを刺すみたいに軽く犬歯《けんし》を立てられて、しとめられた小動物みたいに細い声を上げた。

「馨」

「な、なんだよ！」

呼びかけられて、半分意識が戻った。お、俺一体なにしてたんだ!?

だけどまだ夢の続きのように、帝王は見たこともないような優しい眼差しでこちらを見ていて。その唇が動く。

「あい……」

「うわあああああああああっ！」

叫び声を上げて帝王を突き飛ばせば、奴はソファーから転がり落ちて無様《ぶざま》に尻餅《しりもち》をついた。

「こ、このスケベ！　色魔！　お前なんか×××ちょん切られて、地獄に落ちろ！」

捨てゼリフ一発。馨は風のように会長室を飛び出した。

6

少年は廊下を疾走《しっそう》する。

泣き濡れた瞳は、まさしく黒曜石の輝きで、乱れたシャツの前は、手でかき合わせてはいるものの、ちらりちらりと覗く白い肌は大変に目の毒だ。しかも散らばる鬱血《うっけつ》のあと。嚙みしめた唇は、キスの余韻《よいん》に赤く艶やかに光っている。息継ぎのために「はあ……」と呼吸するそれさえも悩《なや》ましげで。

とにかく、すれ違う者達をことごとく釘付けにし、固めながら、馨は寮の部屋の前へとたどり着く。

「馨ちゃん！」

その扉の前で待っていた重人も、一目見るなりその姿にコチンと急速冷凍され、馨は目の前を風のように駆け抜けて部屋の中へと。

ゆっくりと、一、二、三、四、五……数えるぐらいの間呆然自失していた重人は、しかし、次の瞬間弾かれたように飛び上がると、目の前でぴったり閉じてしまった扉を猛然《もうぜん》と叩いた。

「馨ちゃん！　馨ちゃん！　そ、その姿は一体どうしたの！　ま、まさか……」

「勝手に誤解するな馬鹿！　そんなんじゃねぇよ！」

馨は扉越しに怒鳴り、バスルームへと向かう。重人は「馨ちゃん！　馨ちゃん！」と扉を叩き続けているが、そんなの無視だ。

歩きながらシャツを脱ぎ捨てて、ズボンに手をかけて「っ……」唇を噛みしめる。

ぐっしょりと濡れた下着の感触。蹴るように脱ぎ捨てる。

あいつに触れられてこうなったなんて、信じたくないけれど。

シャワーカーテンを乱暴に引いて、蛇口《じゃぐち》をひねった。温度調整の必要はない。浴びたいのは冷水だ。

冷たいそれを頭からただ被る。身体を洗うとか、清めるとかそんなことは考えていなかった。ただ、水を浴びれば少しはこのもやもやとした気分も晴れるだろう。

これじゃ、まるでなんかの修業だぜ……と苦笑して、早々にシャワーから上がった。身体はすっかり冷え切っていたが、湯で暖まる気になどとてもなれない。

タオルを手にとって、正面を見て息を飲む。洗面台の鏡の中、映っている自分の首から胸にかけて散る赤い鬱血。

帝王のつけたキスマーク。そう認識したとたん、背筋を走った震えは紛れもない。たった今シャワーで収めた熱で。

「あいつ！　こんなあとつけやがって！」

衝動的《しょうどうてき》に洗面台の蛇口をひねってばしゃばしゃと顔を洗う。それであとが消えるわけもない。胸にたまった気持ちも。

「出てこいよ！」

どうしてそんなこと言ったのかわからない。鏡の中の自分に向かって叫ぶ。

「出てこい！」

水に濡れた手で、鏡をバン！　と音が鳴るほど叩く。両の手のひらがジン……と痛んだが、そんなことは気にしなかった。

『おやめなさい……手が傷つきます』

呼びかけられて我に返る。

鏡の中に映る自分の姿はいつの間にか別の人物へと変化していて、それは天使……としか言い様がなかった。背中に白い翼がある。

「あ、あんたは！」

馨はそこで思い出した。いや思い出したというより、なんで忘れていたのか不思議なくらい自然に、その記憶は自分の中にあった。一度死んだとき、雲の平原で大きな河を渡ろうとした、そこで自分を呼び止めた天使だ。

そして、その天使の横にいたのは……。

『彼はもう既にあなたと解け合っています。いえ、彼がもうあなた自身といっていいでしょう』

「なんで……?」

そう天使の横には、今の自分がいたのだ。元高円寺馨だった、彼が。

あのあと自分たちはどうなった?

雲の平原から……たぶん天国……かどうかはわからないが、あの世とやらから落とされて、魂だけの透ける二つの身体は一つに重なって……。

『一つの身体に二つの魂。本来ならば反発し合うところですが、あなた達は身体も魂の適合もよかったようです。今ではまるで二人で一人のようですよ』

「じゃ、じゃあ俺は!」

天使はそれがさも喜ばしいことのように言った。

『言ったはずです。あなたは彼であり、彼はあなたであると』

天使の白く長い布に包まれている腕がふわりと上がる。鏡の世界とこちらの世界の境界を突き抜けて、白い大理石《だいりせき》の彫像のように形が良い指が、馨の額に触れる。

「わっ!」

とたん、流れ込んできた記憶の奔流《ほんりゅう》に声を上げる。

それはたった十七年の歳月を生きた少年の記憶。

物心ついてから過ごしてきた白い病室の風景は変わらず、ただ、世話をする看護婦達の入れ替わり、担当医である篠原の少しずつだが年老いていくその姿に、月日を感じる日々。

窓の外の風景。桜咲き、深緑が輝き、蟬《せみ》が鳴き、そして秋になって色づく葉。冬になって白い雪が曇り空から降り、そしてすっかり葉を落とした黒いシルエットの枝に、降り積もる。

暖房の効いた室内では、それはまるで白い桜のようだと……そんなふうに傍《かたわ》らにいた看護婦に言ったら、冷たいものなのだと教えてくれた。

いつか雪に触れてみたい……だが、その願いはどこかで叶わないものだとわかっていて、口にせずに飲み込んだ。

首から下の感覚はまったくなく、痛いも苦しいもつらいもなかったが……それでも、自分がもっと、いろんなところが壊れていっているのだと、自覚はしていた。最後の一年は呼吸器に頼る日々で、大好きな人たちとの会話もままならず。

そして、死を覚悟した。

死ぬことには恐怖はない。もともと、なにも感じなかった身体なのだ。それなのに現代の医学は、感覚以外の全てを順調に発育させる術《すべ》だけあって、動かない身体なのに健やかなのだという、そのことは皮肉ではあったが。

ただ、残していく人々だけが気がかりだった。自分の病気をいつか治療してみせると、けして希望を捨てなかった篠原教授。世話をしてくれた幾人もの人たち。

そして父。警視総監という忙しい日々の中、それでも一日の終わりにはかならず見舞いにきてくれた。時間は三十分、下手をすればまた本庁に呼び出されて五分といない。そんなこともあったけれど、彼が自分に対して愛情はない……などと一片たりとも感じたことはなかった。愛してくれているのだと、そんな短い時間の中でも感じていた。

だから、自分のためではなく、あとに残す人たちのために……なにか、自分の欠片《かけら》を残していきたかったのだ。だけど、十七年という人生の中で動かない身体を抱えた自分には……いやだからこそ、この身体しかなくて……だから……。

だから、この身体を残していこうと思った。

「……いや、違うのかもしれない」

それは、どちらのカオルの口から漏れた言葉だったのか？

確かにもう誰のものとも言えず、少年の記憶は自分のもので、あのとき感じた心の痛みも、いま感じている切なさも同じもので……。

そしてこぼれる涙も。

「俺はこうしたかったのかもしれない。心臓が誰かの身体に移植されれば、その心臓でその人が走っているのを感じることができる。骨でも筋肉でも……この手でも」

震える指先を見つめる。

「雪の冷たさを感じたかったんだ……」

願わくば誰かの身体の欠片となって、それでも生きていきたい。

「生きたかったんだ」

そう、生きて、走りたかった。歩いて、地面の柔らかさを、肌を撫でる風を、そして見上げた青空を、感じたかった。そして今、感じている。

そして、同時にその意思は最後の、風間薫の記憶にもつながる。全身に衝撃が走り、身体がバラバラになるような……いや、まさしくバラバラになる瞬間。思った。

生きたいと。

だから、一緒になって溶《と》け合ったのだろうか？　生きたいという二つの意思が。

『そう、それがあなたの心です』

天使が笑う。

『彼でも以前のあなたでもない。生まれ変わって一つになった新しいあなたの心です』

「新しい俺？」

『ええ、一つの身体に二つの魂と言いましたが、今や一つの身体に一つの魂。普通の人となんの違いもありません』

どこが普通なんだ！　と馨は微笑する天使に突っ込みたかったが、しかしその前に。

『では、次に会うときは、かなり先になるでしょうけど、それまで健やかに』

「ちょ！　ちょい待て！」

手を伸ばして呼び止めたときには、既にその白い翼を背負った姿は消えていた。鏡に映った、マヌケ顔で手を伸ばす自分の姿に、馨はがっくりと肩を落とし。

「どうすりゃいいんだ」

途方に暮れて呟いた。

♛

馨に突き飛ばされた夜。帝王は、自分の館《やかた》に葵を呼んだ。特別寮とは別の、帝王のための邸宅だ。

部屋に入ってきた葵に椅子を勧めると「ここでいい」と断ってきた。「どうせ、今夜は短いお話でしょうから」と。どうやら、自分の決意を感じ取っているらしい。

「愛人達と全て別れる。お前ともだ」

「僕が一番最初にそのお話を伺《うかが》う相手ですか？」

「ああ、そうだ。他の者には明日告げる」

葵は帝王の中で、唯一特別扱いする愛人ではあった。気に入りだったと言っていいだろう。だが、それは酷い言い方をすれば、毛並みのよいペットを可愛がるような感覚だったのだと、そんな過去の自分に帝王の胸に苦い後悔が広がる。

「それは、あの高円寺馨のためですか？」

「そうだ」

「それならば、なにも全員と別れる必要などありません。彼を愛人の一人にくわえればよいことではありませんか？」

葵の言葉に、帝王は苦笑した。確かに今までの自分ならば、そうして恥じることは一つもなかっただろう。

「それでは駄目だ」

「どうしてです?」

「馨が納得しない」

いや、馨だけではなく、帝王自身がもう納得しないだろう。

あれ以外いらないと、心が叫んでいる。

「全員と別れて、それでも彼があなたを受け入れてくれるとは思えません」

「相手が応えてくれるかくれないか。そんな可能性で、恋などできたら苦労などしない。

私はあれが欲しいんだ」

「恋人としてですか?」

「ああ、そうだ。愛人などではなく、恋人としてだ」

「愛人など……ですか? 僕がどんな気持ちで今まであなたのそばにいたのか、ご存じで
そうおっしゃいますか? 僕だって、あなたのことを……」

葵の声が震える。そこで帝王は初めて愛人達の自分に対する気持ちが、わかったような
気がした。

ペットのように彼らを愛《め》でる、こんな酷い男を愛していてくれたのだと。

「すまない」

そう言うしかなかった。陳腐《ちんぷ》な言葉だが、他にどんな言葉をかけられるというのだろう。

葵はしばらく黙って帝王の顔を見つめていたが、顔をくしゃりと歪めたかと思うと部屋を飛び出していった。

玄関ホールで角田は葵を呼び止めた。彼はこの家に助川と共に侍従補《じじゅうほ》の一人として住み込んでいる。祖父の代からの獅子家の使用人なのだ。

「寮までお送りします」

「かまわない、一人で帰れる」

「しかしカートを使わないと……」

この館は校舎や寮のあるエリアとはかなり離れている。広大な運動場と森を挟んだ反対側だ。

「二十分ぐらい歩くのはどうということはありません。それに頭を少し冷やしたいのです」

葵はそう告げる。事情を察していた角田はそれ以上無理強いすることはなく、黙って葵を送り出した。

♛

夜の森、寮に続く遊歩道を葵は行く。

遠くに見える寮の明かりは、歩いているのに一向に距離が近づいて来ないような、気がする。いっそこのまま永遠に続く道で、歩き疲れて果ててしまうのもいいと……そんな感《かん》傷的《しょうてき》なことを考えている自分に苦笑する。

「麗《うるわ》しの葵の上が、こんな場所で一人夜歩きなど危ないよ」

突然かけられた声。目の前に飛び出した影に、葵は息を飲んだ。

しかし、ここは閉鎖《へいさ》されたコロニーの中。学校関係者と生徒しかいないのだ。普通の街のように通り魔などが出るわけがない。

「サー・ノーザンフォーク。あなたこそ、どうしてこんな場所に?」

コロニーの夜は本物ではなく、人間の体内時計のために設定されている時間だ。したがって、常に満月のような明るさが保たれていて真の暗闇はない。

目の前に立つ人の判別もすぐにつき、葵は呼びかける。

相変わらず、その服装はクラシカルなインパネス姿。広がるマントの裾《すそ》がまるで蝙蝠《こうもり》の翼のように見えた。

「君は任務に失敗した」

その声は鉄のように固く、鉛《なまり》のように重く、葵の心を打った。

弾かれるように葵が見た目の前の男の顔は、いつもの軽薄《けいはく》な教師の仮面ではなく、本当の姿を見せていた。片眼鏡《モノクル》で覆われた片側の顔の表情は見えず、もう片側も厳《いわお》のようだ。残酷で冷酷《れいこく》な断罪者《だんざいしゃ》の姿。

「男に別れを告げられたね？」

「はい……」

震える声で認めた。言い訳など認められない。だが……。

「しかし、まだ！」

自分は諦めてなどいない！

「男は君ではなく、あの存在を選んだ。君の任務はあの男の心を捕らえることだったはずだ。失敗に終わったね」

「それは！」

「君は惨《みじ》めに捨てられたのだよ。なんの価値もない。男にとっても、我らにとっても」

葵はその言葉にがくりと全身の力が抜けて、地面に膝をついた。

「愚民……」

ケントの口から漏れた言葉に、ぴくりと肩を揺らす。それは組織に属するものとしてもっとも屈辱的な言葉だった。その烙印《らくいん》を押されただけで、自ら命を断つほどの。

「そう呼ばれたくなければ、君は君の能力を示さなければならない」

「どうすればよろしいのですか？」

すがる瞳で見上げた葵に、ケントは冷酷に告げる。

「宴を開こうではないか？　可愛らしい子羊を生《い》け贄《にえ》にささげ、その血の享楽《きょうらく》に酔うサバトを」

7

翌朝。

結局、寝たんだか寝ないんだかわからないまま、馨の朝は明けた。ベッドに寝転がりはしたが、しかし、覚醒《かくせい》と夢の間を行き来しているような気分は、あの天使との遭遇からずっと、持続していて……。

「どうすりゃいいんだよ」

と同じ言葉を昨日から何度呟いたか。

結局、どうしようもないというのがその答えだ。篠原博士に相談しようかと一瞬思ったが、しかし、いくら博士でも魂の分離手術などできないだろう。そもそも、こんな非現実的な話を信じてもらえるかどうか。

いや、それにだ。前のカオル同士が融合《ゆうごう》して、今の馨があるわけで、分離なんかしたらどっちかが死ぬということにはならないだろうか？　それは、あちらのカオルなのか、こちらのカオルなのか。

「あ〜っ、ややこしい！」

わしゃわしゃと頭を掻《か》く。

結局、何度自分の中を探《さぐ》って考えてみても、馨の中に二人分の記憶と感情があることは確かのようだった。今まで気づかなかったのは、より性格が強い方が鮮烈《せんれつ》に出たということで、味覚なんかは身体の嗜好のほうが出たと、そんなところだろう。

で、ここで問題なのは……。

自分は一体どっちとして生きていけばいいのか？　ということだ。

一晩うんうんと悩んだ結果。結局、なるようにしかならないという、どうしようもない答えが出た。どちらの生き方を優先させるにしろ、溶け合ってしまった今、片一方の意思を無視するわけにはいかない。それも自分なのだ。

まして、感情などというものは、制御なんてできないもので……。

昨日から何十回繰り返し考えたかわからない、エンドレスの思考の回廊《かいろう》に馨が囚われようとしたとき、来客を告げるベルが鳴った。

相手が誰か確かめようともせず、馨はドアを開けた。

「なんでお前がここにいるんだ！」

そう、感情なんてものは制御できるものなんかじゃないと、身をもって馨はたった今、知った。

帝王の顔を指さして怒鳴る。

「テメェ！　どの面《つら》さげて昨日の今日で俺に会いに来た！」

その馨の目の前に帝王がつき出したのは、籐《とう》のバスケット。

「朝食だ」

「んなもんいるか！」

「お前が好きだろうシュークリームがデザートだぞ。イチゴもついているぞ」

「あ、もらう」

馨はあっさりと陥落《かんらく》し、バスケットを胸に抱えた。おいしいお菓子（しかもイチゴ付き）に罪はないのだ。

「それとこれもだ」

「なんだよ。これ？」

渡されたのは白い薔薇の花束。まだ朝露が輝いているような、手折《たお》ったばかりだと思わせる。

「〝しろたえ〟だ」

「で、この薔薇の花はなんだよ！　昨日の詫《わ》びのつもりなら、こんな花束ぐらいで……」

「母が好きだった薔薇でな」

「は？」

照れくささを隠すために声を張り上げると。

「馨、愛してる」

「はぁ!?」

思わず真っ赤になる。いきなり言う奴があるか！

「お、お前の愛人になんか！」

「愛人達とは全員別れる。お前一人だ」

「なっ、なにを……」

「それは愛人と言わないな。恋人になってほしい」

帝王の口から飛び出る信じられない言葉の数々に、馨は半ばパニックを起こしかける。

愛してるだの。

愛人と手を切るだの。

恋人になってくれだの。

「どうしてお前はそう唐突なんだよ！　信じられるか！」

ドアを閉めようとしたら、その間に足を入れられた。

「信じろ！　馨！」

「信じるか！　馬鹿！　大体、お前の愛人達がそうあっさりと別れてくれるのか！」

そこまで言って、馨は表情を曇らせる。

「命令だなんてほざいて別れたら、ぶっ飛ばしてやるぞ」

「それなら一人一人に謝るつもりだ」

「あ、謝る!?」

再び驚いた。こ、こいつの辞書に謝るなんて言葉あったのか？

「お前の言うとおりだ。愛してもいないのに人の心を弄《もてあそ》ぶような真似《まね》をした。酷いことをしたと謝るつもりだ」

「お、お前、熱でもあるのかよ？　な、なんか妙なもの食ったんじゃないか？」

思わず手を伸ばして額の熱を測《はか》ろうとしたら、帝王の手に握りしめられた。

「は、離せっ……！」

「これほど言っても、信じてくれないか？　馨」

手のひらを唇に押しつけられて、それが動く感触に心臓の鼓動が壊れそうなほど高鳴る。耳のそばでドクドクとその音がするほど。

「わ、わかったよ！　信じるから」

そう言ったのは本当に信じたわけではなくて、一刻も早く手を離してほしかったから。このまま帝王のそばにいたら、自分の心臓が高鳴っていることを悟られそうで。

「そうか信じるか」

あっさりと帝王が手を離した。その口元に刻まれている満足げな笑みで、自分がなにを言ったのか今さらながらに悔しくて、男の顔を睨み付ける。

「だからって、それがお前の恋人になるってことじゃないからな！　愛人達全員と手を切っても俺は、お前のものなんかに……」

「今日はそうだろうな。だが、明日はわからない」

「ならねぇ！　絶対、好きになんかならねぇ！　あきらめろ！」

「あいにく、諦められるほど、半端な想いではないのでな」

叫んだところで、朝のホームルーム開始五分前の鐘が鳴った。

「……いかなくていいのかよ？」

馨は今日は謹慎で授業に出なくていいが、帝王はそうではないはずだ。

「ああ、残念だな。また放課後に来る」

「来なくていい！」

怒鳴ったが、しかし、帝王はまったく気にせず「愛してる」と、とんでもない台詞を残して去って行った。

♛

白い薔薇の花束。あいつから贈られたからといって罪はない。そのままではしおれると思ったが、あいにく花瓶《かびん》になるようなものはなくて、とりあえず水をためた洗面台の中につっこんだ。

甘い花の香りが部屋の中に漂って……どうにも自分の、男の部屋だという感じがしない。

「…………」

あぐらをかいた姿勢から、ごろりと床にひっくり返る。

「あの帝王が本気だとよ……信じらねぇ……な」

どうやらこれは現実のようだ。『信じない！』なんて、朝はあいつに連呼したが、しかし……。

こちらを見つめる瞳に宿った光はひどく真摯《しんし》で、嘘なんか言ってないことぐらい、本当はわかっていた。

だからって、愛してると連発する帝王に馨は応えるつもりはない。これは決定事項だ。なにしろ、帝王はこの馨の外見に惚れてるようだが、違うのだ。いや、半分は元のカオルの身体だが、半分はオヤジのカオルが混じっているのであり……。いくらなんでも、あいつは引く！　どんな男でも引く！　十七歳の少年の中身の半分が、三十五歳のオヤジなんて……。

そこで待てよ！　と馨は考える。つまりは、この問題が解決したら、帝王と……を前提に自分は物事考えてないか！

「ぜ、絶対、そんなことありえねぇ！」

じ、自分はホモではない。薫も馨もホモではなかったのだ！　混ざり合って、化学反応を起こしてホモになるなんてことは絶対にない！　太陽が西から昇ったって、コロニーが地球に落っこちたってあり得ない！

だったら、どうしてあいつのことを考えると、こんなに胸のあたりがもやもやするのか？　まして、本当のことを知られて嫌われると思うと……。

「いてぇ……」

心臓が締め付けられるようで、思わず室内着のTシャツの胸のあたりを握りしめた。篠原博士……身体は丈夫だと言っていたが、本当はこの心臓ポンコツじゃないのか？

いや、わかってる。ポンコツなのは心臓じゃなくて、混ざり合ってマーブル模様のこの心だ。

「あ……」

床に寝転がって低くなった視界。一枚の白い花びらが、転がっているのが見えた。さっき洗面所に花束を持っていくときに、落ちたものだろう。

手を伸ばしてつまみ上げる。その花びらを唇に押し当てて、くすくすと笑った。自分がこんなことをするのが信じられない。こんなに胸が切ないのも。

唐突に、耳元でアラームが鳴る。緑のランプが点滅《てんめつ》し、来客を告げている。

帝王かもしれない……そう考えると、どくりと一つ心臓が跳ねた。

「はい……」

いきなりドアを開けるのが怖くて、端末のモニターにつないだ。

『やあ！　元気にしてるかい？』

小さな画面の中で、金髪碧眼の教師が明るく笑いかけていた。

「俺、謹慎中なんだけど」

「僕は教師だよ。気にしなくていい」

部屋から連れ出されて、案内された先は、教師寮のケントの部屋。

これが呆れた部屋だった。

教師寮は生徒寮と外見の違いはあまりない。おぼっちゃま学校らしく、全室バスルーム付きではあるが、まあ寮らしいシンプルなつくりのはずだ。ここまで案内される間の寮の外見もそうだったし、廊下も生徒寮のそれとまったく同じだった。

ところがだ……。

扉を開けたとたんに広がっていたのは、馨の乏《とぼ》しい知識では、貴族の城とかベルサイユ宮殿とか、その世界だったのだ。

天井から下がるシャンデリア。壁に掛けられた古びたタペストリー。飴色に照りかがやく価値はともかく古いのだけはわかる家具に、白い大理石の女神の彫像の上には、金色に塗られた天使まで飛んでいるから、お笑いだ。

で、勧められた椅子も、くるくる白いカツラを被った昔の貴族だか、王様だかが腰掛けているような代物《しろもの》で……。馨はすぐに回れ右して出て行きたい衝動に駆られながらも、そこに腰を下ろした。

目の前にある小さなテーブルに足を載せてふんぞりかえってやったのは、まあ……この居心地の悪い部屋へのせめてもの抵抗だ。

頼んだ紅茶が運ばれてきて、そのカップを取り上げながらケントが口を開く。

「何故だろうね？」

「なんだよ？」

「そんな不遜な態度なのに、ちっとも君の魅力が陰《かげ》ることはない。むしろ、いっそう生き生きと輝きが増すように見えるとは」

「はあ？」

なに、こいつ意味不明なこと言っているんだ？　と、馨はケントを見るが、当の本人はすっかりあちらの世界に行っているらしく、べらべらとよくしゃべること……。

「いやいや、生まれ持った魂の輝きというのは、けして美貌や血筋で持つことができるものではないね。君はすっかりこの部屋になじんでいる」

「……よしてくれよ」

この装飾ごてごての部屋に似合ってるなんて……冗談じゃない。

「しかし、惜しむらくはTシャツにジーンズ姿ということだ。やはりここはタキシード、いや君ならばイブニングドレスも似合うだろうね」

「ふざけた戯言《ざれごと》ほざいてるだけなら、俺は帰らせてもらうぜ」

出された紅茶を飲み干して立ち上がろうとすれば。

「その君の美しさにエンペラーも惹かれたんだろうね」

「面《つら》の皮一枚のことだろう？」

軽薄な教師の口から出た帝王の名。しかもどこか企《たくら》むような響きに、腰は浮かせた腰を再び椅子に下ろす。いよいよ、本題に入りやがったか……と。

「それがわかっているのなら、僕の考えは杞憂《きゆう》のようだったね。君もエンペラーに惹かれていると思ったんだが」

「俺があいつに？　冗談じゃない！」

「は！」と鼻で笑って、大げさに肩をすくめてやる。ケントはそれを眺め見るような視線で、気障ったらしく足を組み。

「彼にとっては恋愛はゲームのようなものだよ。いや、僕たち上流階級の男はみんなそうだな」

「へぇ！　あんたと帝王が同じねぇ」

わざとらしく驚いてやる。

「異論があるのかい？」

「別に」

あんたみたいな見るからに軽薄男と、いくらなんでも帝王は違うと言いたかったが、しかし、それはあのくそ帝王を心ならずも擁護《ようご》することになるので言わない。せいぜい、椅子の肘掛けにほおづえをついて横を向き、話をとても真剣に聞いているとはいえない……とても担任教師に対するとはいえない態度を見せてやる。もっとも、こいつには初めから、そんな態度だったが。

なにしろ、初対面からうさんくささプンプンだったのだ。

「恋は狐狩《きつねが》りと同じ、獲物が貴重であればあるほど、そして捕らえるのが難しいほどハンターは燃えるものだよ。そういう意味では君は最上級の銀狐《ぎんぎつね》だね」

「俺は狐かよ?」

「そう、そして得てして気まぐれなハンターというものは、捕らえた獲物にはとたんに興味をなくすものだよ。それがどれほど見事な銀狐としてもね。せいぜいが、近くの女性の身を飾るストールとなる運命だ」

「あんたの考えはよくわかった」

もうこれ以上聞く必要はないとばかり、馨は立ち上がった。

「帰るのかい?　もう一杯お茶を飲んでからでどうだい?」

「あんたのにやけたツラ見て上等な茶飲むより、インスタントでも一人で飲むコーヒーのほうがマシさ」

「言うね」

馨はドアの前まで歩むと、くるりと振り返った。

「俺が一番信用ならないと思っているのは、親切顔で人のあることないこと吹き込む奴だ」

「僕は真実を言っているんだけどね」

「どいつにとっての真実なんだろうな？　俺は知りたきゃ本人に直接聞くさ。あんたの余計なお節介なんていらねぇ」

「悪口を聞いて怒るということは、少なくともその人に好意を持っている証《あかし》だと思うんですけどね」

「…………」

馨は無言でドアを開け廊下に出ようとした。

そのとき、くらりと目眩《めまい》がした。

床に膝をつく。例のスタミナ切れかと思ったが、今日は一日謹慎で身体なんか動かしていない。

「ようやく、効いてきたみたいだね。焦ったよ」

「てめぇ……」

ケントが立ち上がり、うずくまる馨を見下ろして開きかけた扉を閉める。

「外に出られて騒ぎになったらマズイからね。……かといって、君を力ずくで押さえるのは骨が折れそうだったんで、一服盛《いっぷくも》ることにしたんだが」

「あの紅茶の中に……」

油断した……とは言えないだろう。まさか、いくら性格に問題があっても、教師がそんなことをするなんて、考えなかった。

「君のためにね、無味無臭のしびれ薬を用意するのは大変だった。外から送ってもらうには時間がなくて、僕が学院の実験室でこっそり調合したんだよ。夜中の化学準備室はなかなかにスリリングでねぇ……。いや〜、僕は迷信なんか信じないけど、確かに君たちに日本人の学生の言い伝えどおり、出そうな雰囲気ではあったなぁ」

とケントは、そんなどうでもいいことをペラペラしゃべる。

馨の意識はその間にもどんどんかすれていく。最後に思ったことは……。

『んな、危ない薬、俺に試したのか！』

だった。

帝王が馨の部屋を再び訪れたのは、六時を過ぎてからだった。

「馨。遅くなってすまない」

インターフォン越しに呼びかける。

愛人達は別れ話を意外なほど冷静に受け止め、泣く者はあったもののこじれるということは、まったくなかった。

ただ、やはり一人一人に謝るのは意外なほどに時間がかかって、馨の元を訪れるのにこんな時間になってしまったのだ。

「腹が減っているだろう？　夕ご飯だぞ。デザートはイチゴのミルフィーユだ」

朝、あっさりと食べ物……しかも、甘いデザートにつられたことはわかっていたから、そう呼びかけたのだが返事がない。

自分がこんなに遅く来たから、空《すき》っ腹《ぱら》を抱えてすっかり拗《す》ねてしまったのか、と、都合のいい曲解をして、帝王はブレザーのポケットから、馨の部屋のカードキーを取り出した。

本来は部屋の主以外は、舎監《しゃかん》が管理しているものだが、しかしそこは帝王なのだ。

「馨？」

部屋に入れば当然、無断で入ったことを怒鳴る声が響き渡るかと思ったが、その出迎えはない。

まさか、逃げたか？　とバスルームを覗いてみると、洗面台には水が張られて、今朝贈った薔薇がつっこんであった。包装も解《と》かずに、馨らしいと思ったが、それでも薔薇の花が枯《か》れるのが忍びないと思ったのだろう、その優しさに思わず口元がゆるむ。

しかし、次の瞬間その唇は引き締められた。バスルームの中も無人。部屋も無人となると……。

予定外に早く馨の部屋から飛び出してきた帝王に、なにかが起こったと察したのだろう。助川と角田が駆け寄ってくる。

「馨を捜せ！　あれを使うぞ！」

8

次に気がついたときには、両手両足をロープで縛られて何かの台に寝かされていた。

薄暗い室内。蠟燭《ろうそく》の炎だけが揺れていて、振り返ったのは……。

「気が付いたようだね」

そう声をかけたのはケント。その格好は燕尾服《えんびふく》に、赤い裏布がついたドラキュラがまとうような襟付きマントを翻している。相変わらずわけのわからない趣味だ。その後ろには同じように黒マントをまとった葵の親衛隊のメンバーが並ぶ。馨が殴って蹴った傷あとも、まだ顔に生々《なまなま》しい。

そして、ケントの横にいるのは。

「……あんたもグルだったのか？」

こちらはまともな制服姿の葵。

意外だと目を見開く馨に、ケントの後ろにいた少年は気まずそうに目を反らす。

「君にはわからないだろうね。美しく燃え上がる嫉妬の炎というものが、どんなに熱く、激しいものなのか」

ケントが手を広げマントの裾を翻し、まるで舞台俳優のように朗々と言ったが、馨は面白くもなさそうにふんと、鼻から息を抜き。

「わかっているのは、お前がとんでもないクソ野郎ってことだけだ！」

「相変わらずの口の悪さだね。山猫のようだ」

「答えろ！　なんでこんなことをする!? ただの教師の悪ふざけじゃすまねぇぞ！」

馨が鋭い目で睨み付けると、ケントは楽しそうに笑い。

「元気がいいね。しかし、君は自分の立場がわかっているのかね？」

白い手袋に包まれた手が伸び、馨の頬を撫でようとする。それを首を振って払う。

「気持ち悪い手で、俺に触るなよ！　この変態！」

「本当に君は自分の状況がわかってないね。おとなしくしておいたほうが、身のためだよ」

そう言ってケントが強引に馨の顎を指で捕らえ、顔を近づける。馨はその顔を見据えたまま、唾を吐きかけた。

「ふぁっきん・まざー！　とでも言ってやるか？　あ、こりゃアメリカ人対応だったな。お上品なイギリス人にはなんて言えばいいんだ？」

「このっ！」

思わず顔を上げたケントは馨の頬を張ると、己の顔をぬぐった手袋を床に叩きつけるように脱ぎ捨て、大股で祭壇《さいだん》に歩み寄る。そこに置いてあったサーベルを手に取ると、抜き放ち馨に向かって振り下ろす。

それは一瞬のことでみんな……ケントと縛られている馨以外だ……動けなかった。そして細い剣の切っ先がTシャツ一枚を切り裂き、馨が無傷だと知ると葵などは、あからさまにホッと息をつく。

「僕のフェンシングの腕が確かなことを、ありがたく思ってほしいね」

「こそ泥が家の鍵を上手に開けたからって、褒める奴がいるかよ！」

剣を振るわれたというのに、馨は平然としている。その態度にケントはますます癇《かん》に障《さわ》るとばかり、口元を歪め。

「まったく、口が減らないな。そう言ってられるのも今のうちだけだよ！」

そう言って剣を振り上げようとする。

「止めて下さい！」

耐えきれなかったのは当事者ではなく葵だ。その形の良い細い眉を寄せて、ケントを見つめ。

「彼をこれ以上傷つける必要はないはずです！　私たちの目的は」

「君を捨てたエンペラーに復讐し、彼を身も心もずたずたに傷つけることだよ。違うのかい？」

微笑しながら問うケントに、葵が苦しそうな顔をして口を開きかける。が、その先を制してケントが言う。

「見なさいこの白い身体を。この身体が君の愛するエンペラーを誘惑し、君から彼を奪ったのだよ。」

馨の肌には、昨日、帝王が残した印が散っていた。それを見て葵の顔色が変わる。ケントは馨の白い胸に手をはわせる。ぞくぞくと背筋に悪寒が走り、馨は反射的に怒鳴る。

「気持ち悪いって言ってるだろう！　このホモ野郎！」

「まったく……君が喚《わめ》くと情緒《じょうちょ》がぶちこわしだよ」

嘆《なげ》かわしいとばかりケントはため息をつき、そうして「黙っていなさい」と破れたシャツの切れ端を馨の口に押し込む。それでも馨は「うーうー」とくぐもった声を上げていたが、構わずケントは青ざめる葵を見て。

「君はそこで見ているだけでいい。僕がこの身体を蹂躙《じゅうりん》するのをね。君のその白い手には穢《けが》れの染《し》み一つつくことはないんだ。安心しなさい」

まるで悪魔のささやきだな……と口を塞がれた馨は思う。お前はなにも心配することはない。ただ、この羊皮紙《ようひし》に血のサインをするだけでいいと。

そうしてケントは、息を飲んでこの状況を見ているままだった、葵の取り巻きには「さあ！」と声をかける。

「この暴れる手足を押さえなさい！　君たちの崇拝する天使のためだ」

取り巻き達は迷いながらも、葵のためだと言われ、もがく馨に手を伸ばし押さえつける。

そうして、ケントがほくそ笑みの形のまま、その唇を馨の白い首筋に押しつける。その感触と吸い上げられる気持ち悪さに、馨は「ううう～」と叫ぶ。

とにかく気色悪い！　気持ち悪い！　最悪！　だ。姦《おか》されるという恐怖心などこれっぽっちもないが、しかし、この嫌悪感だけで気が遠くなりそうだ。

——そういえば、あいつのときは気持ち悪くなかったな……。

などと、帝王との時を思い出して、馨は慌てた。い、いや！　あれも嫌だったって！

「誰のことを考えているんだい？」

急に抵抗しなくなった馨に、ケントがその顎を捕らえて正面を向かせる。

「まさか、こんな状況なのに愛しい男のことを考えていたんじゃないだろうね？」

問われて頬が火照《ほて》る。帝王はそんなじゃないのに。

「図星のようだね。この僕に抱かれようとしているのに、他の男のことを考えるなんて悪い子だ……憎いよ」

ケントがそんな気障ったらしいことを言いながら、顔を近づけたそのとき……。

ガラスが割れる派手な音が響いた。吹き込んだ風に揺れる蠟燭の炎が一気にかき消され、真の暗闇となる。

馨以外の者にとってはだ。人間は夜目がきかないが、しかし訓練次第で見えるようになるのだ。一瞬の暗闇に馨も目が慣れるのに三秒ほど要したが、しかしその後はよく見えていた。

割れた窓から侵入したのは三人、長身の体格からすると男だろう。顔まではわからない。なにしろ全て黒く塗り潰されている。

見えるといってもその程度なのだ。暗闇で行動するのには、そんな夜目とあとは気配を察知する鋭敏《えいびん》な勘だ。

「な、なんだ!」

「うわっ!」

馨の手足を押さえていた者達にとっては、全くの暗闇なのだろう。三人の男のうち左右に分かれた二人に、引きはがされ投げられて声を上げる。

そして馨の上にのしかかっているケントを、三人目の男が引きはがし殴り倒す。馨の手足を拘束《こうそく》するロープは、同時に動いた三人の手によって鮮やかに断ち切られ、馨は身を起こす。

ここまで間近に迫ると、そのケントを殴り倒した三人目の男が誰かわかる。

「大丈夫か？」

帝王は馨の姿に顔をしかめて、自分の着ていたブレザーを脱ぐと裸の馨の肩にかける。

その意外な優しさに馨はちょっと嬉しくなりながら、笑顔で。

「ああ」

と答えると、なぜかひょいと横抱きにされた。

「歩ける！」

「暴れるな！　脱出するぞ！」

帝王に横抱きにされたまま、馨はその場を脱出した。

♛

「つまり、葵はこの学校に来る前からＤＣに洗脳されていたのか？」

DC（デビル・セル）、世界的なテロ組織だ。その名前をまさか再び、こんな場所で聞くことになろうとは。

帝王の館。馨は天蓋《てんがい》付きのベッドを「へぇ……映画でしかお目にかかったことない。本物だぁ」と見上げながら質問する。

つまりは帝王の寝室のそのベッドに腰掛けて、「はは、クッションも最高」などとパフパフ、無邪気《むじゃき》に跳ねているわけだ。まるっきり危機感もなしに。

「あいつは高等部からの編入組だ。その前は英国のパブリックスクールに在籍していた」

「へぇ、英国ねぇ。DCの本拠地だな」

そこでどんな接触があったかわからないが、しかし、そういう手間をかけるのがあの組織だ。狙いをつけた人材は能力だけではなく、血筋まで徹底的に調べ上げ、そうして勧誘専門の者が動くと聞いている。京都のお公家さんの血を引いて、毛並みの良いあの葵なら、たしかにDC好みだ。

「あのドンファン教師は？」

「あいつの身元は不明だ。イギリス貴族だというのも、真っ赤な偽《いつわ》りだな。貧乏貴族の爵位を半ば金で買い取るような形で、養子に入った者だ」

奴の経歴がたどれるのは、留学という形で日本に来日してからだという。

「その前のオックスフォード在学という経歴も偽りのものだ。その前の記録は獅子のネットワークを何度洗い流しても、不明だった」

「なるほどねぇ。獅子財閥の情報力を駆使《くし》してもわかんねぇ男か。ますます怪しいなぁ」

そこまで身元不明となると、かなりの大物のはずだ。上に行けば行くほど、DCという組織はその顔が見えなくなる不思議な組織なのだ。

その、名前はわかれど姿形がわからずの典型だったのが、例のDCアジア地区総括だった〝鉄の公爵《アイアン・デューク》〟だ。

――――そういえば、あいつのふざけた花束爆弾で爆死したんだよなぁ……一回ほど。

二度とするつもりもないし、嫌なこと思い出しちまったぜと、馨は口をへの字に曲げる。と、いきなり横から伸びた手に顎を摑まれ、クイ！　と上を向かされた。

「なんだよ？」

「この〝あと〟はなんだ？」

馨の首筋を睨み付けるようにして、帝王が言う。なんのことかわからず首を傾げた馨に、帝王が指でさらりと首筋のあとを撫でる。そのくすぐったさに首をすくめながら、馨は答えた。

「ああ、あの破廉恥《はれんち》教師がタコみたいに吸いついてできたあとだ」

「なんだと！　消毒してやる」

「うわっ！　ば、馬鹿！　ん、んな消毒が……あんっ！」

抱き寄せられ首筋に唇を押し当てられて、出た声に馨は驚いた。

――あんっ！って……あんっ！って……あんっ！ってなんだ!?

しかも、そのまま押し倒されたのは、ベッドの上。今さら気づいたけど、この部屋でこいつと二人っきりってやばくないか!?

と思っているうちに、帝王の手が馨の着ている……帝王の借り物で袖《そで》は二、三回折り曲げなければならず、裾も長くて彼氏のシャツ状態の……それをたくし上げて、男なんだかならない真っ平らな胸をなにが楽しいんだか、撫で回しオマケに……。

「やあっ！」

胸の飾りを指先で弾かれて、上がった声にますます馨は混乱する。

あの馬鹿ドンファンのときは気持ち悪かっただけなのに、どうしてこいつだと……。

「だ、駄目だ！　よせっ！」

ジーンズのホックに指をかけられて、馨はあわてて帝王の手を止める。

「こ、これ以上すんな！」

こんなところ触られたら、どうなるかわからない！

そう思っただけで、腰からぞくぞく怪しい刺激が駆け上ってきているのだ。こんちくしょうめ！

「ここも触られたのではないのか？」

「そ、そんなとこ触られてない！」

「嘘をつくな。点検してやる」

「馬鹿ぁ！　んなところ点検する場所じゃねぇっ！」

叫んでいる間に、ホックは外されチャックも半ば降ろされて、帝王の手が中に入りこもうとする。どうしてこいつはこんなに手際がいいんだよ！　もうっ！

「わ、わかった！　あとでいくらでも点検させてやるから！　まず俺の話を聞けっ！」

叫んだ。とにかく、このままこいつにうやむやに……されてしまうことは避けたかった。

帝王の手の動きがぴたりと止まる。

「今、点検させると言ったな？」

「は、話を聞いてからだ！」

「逃げるためのごまかしではないな？」

「そうじゃねぇ！　本当に聞いてほしい話があるんだよ！」

そう、あれは春だったのだ。風の強い日で葬儀の会場とされた獅子記念ホール。そこに向かう並木道の桜が満開で、まるで吹雪のように花びらが散る。それが惜しいと同時に、そんな情緒を感じないはずの自分が、もの悲しいと思った。気まぐれに吹くその風に翻弄《ほんろう》され散る花が、まるで人の生というものを表しているようで。

菊の花で飾られた巨大な祭壇《さいだん》の前には、大きな写真が二つ。いずれもまだ若い男女。彼らは夫婦で、そして将来獅子財閥を背負って立つはずの男女だった。

警視の護衛として共に焼香《しょうこう》をすませ、そして遺族席の前へやってくる。テレビで見かけたことがあり、自分でさえ知っている獅子財閥の老総帥は、息子夫婦の死に意気消沈《いきしょうちん》したのと、さすがの寄る年波に勝てないようで、車いすから立ち上がれないような状態だった。

隣の警視にあわせて深々一礼し、顔を上げると、こちらを真っ直ぐ見る強い視線とぶつかる。それがテロにあった夫妻の一人息子だということは、前もって聞かされていた。

整《ととの》った顔立ちで涙一つ見せずこちらを真っ直ぐ見るその表情は、子供らしさというものは全くない。まるでこれからやってくるだろう巨大な運命というものに、真っ向から立ち向かうがごとく、厳しい瞳で。

「警察の無能!」

声変わりもまだの甲高いボーイソプラノ。だが、その鞭のような鋭さに、警視でさえ絶句して返す言葉もなかった。

このクソガキとむかついたが……しかし、彼の両親がテロで失われたことを思えば、警察官の一人として、それに反論する言葉などない。あれは遺族代表からの痛烈《つうれつ》な警察への言葉だったのだ。

思えばだ。あれがあったからこそ、馨はそのあと十三課室長として様々な決断を下すことができたのだと思う。たとえ、そのとき世間や市民の非難があろうとも、民間の犠牲《ぎせい》を出す前に手を打つこと。それが、二度とあの少年に無能などと呼ばせない、無言の返答だろうと。

♛

「お前があのときの警察官?」

「そう、あのときお前は十歳ちょいのガキで、俺は三十手前のおじさんだったんだ。まあ、半分だけどな。あとの半分はお前と同じ歳で病室のベッドに寝たきりだった」

馨はベッドの上にあぐらをかいて、そう言った。

さばさばした気分だった。とうとう知られてしまった。

これでこいつも俺に愛してる……なんて馬鹿なこと言わなくなるだろう。

自分と同じ十七歳の少年の魂だけならともかく、それに三十五のオヤジも同居しているとしたら、誰だって引く。馨だって、自分の立場なら引く。

「………」

帝王は呆然としている。

その態度に少々の寂しさを感じながら、馨はだめ押しとばかり口を開く。

「言っとくけど嘘じゃないからな」

「それはわかる。こんな手間をかけた話をしなくても、私の手を逃れる手段はいくらでもあるからな」

「別にごまかすために話したんじゃねぇよ」

馨は唇を尖らせる。帝王はやけに生真面目な顔で、馨に向き直り。

「そうか」

「うん。だから、俺の話はこれで……」

とベッドを降りようとしたら、引き戻された。

「なんだよ！」

「話を聞いたら、点検でもなんでもさせると言ったのはお前だぞ」

後ろから男の膝の上に子供のように抱き上げられて、再びジーンズのホックにかかった指に慌てる。

「馬鹿！　今の俺の話を聞いていただろう！」

「それがどうした？」

「そ、それがどうしたって……あっ！」

馨の押さえる手をかいくぐって、帝王の手が中に入り込む。大きな手のひらがそれを包み込み、まるで波打つみたいにそれぞれの指がばらばらに滑らかに動く。たちまち、それが熱を持って反応し始めるのかわかった。

前、襲われたときもそうだったけど、どうして、こいつ十七のガキのクセしてこんなに上手いんだ！

「あっ……！　ん……っ！　いや……」

「嫌ではないだろう？　ここは濡れてきている」

チャックどころか、ジーンズも下着もいつの間にやら膝下に降ろされて。外気のひやりとした感覚。先をざらりと親指で撫でられて、ぬるつくそれに自分の状態を知らされる。

「あ……っ……こんなの……点検……なんか……じゃ……んんっ！」

「ああ、したいからしてる」

と男はしれっと答える。遊んでいた片方の手が再び白い胸に当てられる。確かめるように左の胸の上をまさぐって。

「鼓動が早いな」

「馬鹿ぁ……はあっ！」

その心臓の上の蕾《つぼみ》をゆっくりとつままれる。それはたちまち痛いほどに固くなって、指の先、転がされるとたまらなく切なく甘い気分になる。

「や……やだ、そこ」

「気持ちいいだろう？」

「は……あっ……」

「可愛い声を聞かせてくれ」

「か、可愛くなんか……ないっ！　あっ！」

固くなった胸の蕾に爪を立てられて、痛みだけではない甘い衝撃に思わず声が出る。もうこんな声は二度と出さないと、唇を噛みしめようとすれば、男の長い指が唇をさらりと撫でて。

「んっ……」

そんな刺激にも吐息が漏れて、ゆるんだ口元に、するりと指が入り込む。舌をキスのときのそれみたいに弄ばれて……声が抑えられない。

「ふ……ん……あふ……」

「かわいいな、馨」

耳元で響く声は、まるで催眠術《さいみんじゅつ》みたいに頭の中に甘く響いて意識がとろけて。

ぐちゅぐちゅとそんな音は聞こえないのに、男の手の中にあるそれがいやらしい響きを立てているような気がして、震える声を出す。

「違……う……」

「違わない。可愛らしい」

「いう……な……ああっ！」

首筋に烙印のように熱い唇を押しつけられて、痛みを感じるほど強く吸い上げられる。あの馬鹿ドンファンのつけた、その真上。

「……は……やぁ……離せ……よぉ……」

そう懇願したのは、嫌ではなく、もう限界だったから。帝王の手中にあるそれは、びくびく身体と同じく震えている。身をよじり男の手から逃れようとするが、逆にさらにきつく抱きしめられた。

「このまま……出せ」

「や……あああああっ！」

耳元で低くささやく声に、脳髄まで姦されるような気がした。先端に指を立て、くじって促す。それに抗《あらが》う術《すべ》を馨は持たない。

水辺に打ち上げられた断末魔の魚みたいに、ぴくぴくと帝王の腕の中で跳ねる。

「はあ……っ」

「馨、かわいい馨」

余韻に震える身体。帝王はまだそんなことをほざいて、首筋に口づけの雨を降らしている。

「もう……離せよ……」

その口づけに、身体の奥でちりちりとしている燃えかすに再び火がつきそうな気がして、力の抜けた身体を叱咤《しった》して、腹に回る男の手を振り払う。四つんばいになって抜け出て、振り返る。

帝王は素直に離してくれたが、馨の顔を見ると見せつけるように……。

「なっ！」

その手についた白いものをぺろりと舐めた。

「馬鹿！　んなもん舐めるな！」

嫌悪感というより、異様に恥ずかしい。今までつきあってきた女にも、ごっくんされたことはあるんだが、し、しかし、こいつの端整な顔で、しかも長い指に絡まるそれなんかを舐め取られると……とんでもなく卑猥《ひわい》に見えるのはどうしてだ!?

「甘いぞ」

「んなわけあるか！」

そこで自分が膝下までジーンズと下着を降ろされていることに気づく。両手でそれを上げれば、視界が再びころんと天井を向いて、気がつけばまた帝王に押し倒されていた。

「上げるな。どうせ脱ぐのだから」

「なに馬鹿なこと言ってるんだ！　点検は終わっただろう!?」

「あれは点検じゃないと言ったはずだ」

たしかに最中だったからうろ覚えだが、そんなことを言っていた。

「じゃあ、お前マジで!?」

「当たり前だろう」

ジーンズを引き上げようとする馨と脱がせようとする帝王と……その間手は限りなく低

次元の争いを続けている。

「ちょい待て！　お前、正気かよ！」

「私は正気だ。いきなり何を言う！」

「じゃあ、意地でも張ってるのか!?　よく考えろ！　あとで地獄の底より落ち込んで後悔するのはお前だぞ！」

「どういう意味だ？」

かみ合わない会話に、帝王がいったん手を休めて、身体を離してくれる。そのことに、ホッと馨は息をつき、起き上がりながら。

「だから、お前さっきの話、聞いていたのかよ？　俺の半分は三十五歳のオッサンなんだぞ」

「知っている。信じてもいるぞ」

「なら、なおさらだ。普通なら気持ち悪くて当然だろう。それを無理して押し倒そうとするなんて、絶対無理してるか、意地張ってるに違いねぇよ」

そう思う。こいつはワガママで俺様な野郎ではあるが、妙に優しいところもあるから。

「…………」

帝王は黙り込み、やはり図星かと馨はため息をつく。ちくりと痛んだ心を無理矢理無視して、押し込めて。

「なあ……今日、全ての愛人達に別れ告げたからって、別にかっこつけて俺と無理してつきあうような問題じゃないと思うぜ。お前ならよりどりみどりだと思うしなぁ。もちろん、好きでもない奴を弄ぶようなつきあい方するなら、俺がそいつの代わりにお前をぶっ飛ばしてやるけどな」

冗談めかしてにっかり笑ってやる。ここは聞き分けの良い年長者（半分はだが）の顔で、青年を諭《さと》すのがいいと思ったのだが。

「言うことはそれだけか」

「……ああ」

「なら、私の答えは変わらない、馨、愛してる」

「はぁ!?」

なんでそんな答えが帰ってくるんだよ！　と思ううちに、またまた押し倒された。

「お前！　人の話を聞く能力に問題ありありだぞ！」

「馨こそそうだな。可愛いと言ってやっただろう?」

「だから男に可愛いなんて言うなって……」

「私は、今の馨にかわいいと言ったのであって、過去の馨のことなど知らない。今のこの

た。

真剣な顔で言われたせいだとは思わないが、その言葉は馨の心の中に妙にすとんと落ち
「………」

馨がいいんだ」

「この俺がいいのか?」

「ああ、前の三十五歳のカオルも十七歳のカオルも、今もこの身体に存在しているのだろう。しかし、一つに溶け合ってしまったのなら、それは新しい馨だとも言えないか?」

「新しい馨?」

「そうだ。私が出会ったのは、ここにいる馨だからな。過去など関係ない……いや、それをひっくるめて今になった馨を愛してる」

「………」

なんだか、バレたら絶対嫌われる……いや嫌われないまでも避けられるようになるだろう。そんなふうに考えていた自分が、とても小さく馬鹿らしく思えた。

それにこれから高円寺馨としてどうやって生きればいいかとか、悩んだことも。

「お前、すんごく器《うつわ》大きいな」

くすくす笑って言えば。

「やっとわかったか」

「えばるなよ。あ、やっぱりよほどの馬鹿なのかもしれねぇなぁ」

「……うるさい口だ。塞ぐぞ」

「んっ」

口づけられて、しかし、抵抗せず逆に男の首に手を回す。嬉しい言葉ももらったし、ま、いいか……という気持ちで。

唇を触れ合わせるだけのそれは、徐々に合わせが深くなって、舌先を誘うようにちょんちょんと突き合い、やがてしっとりと舌が絡むほど深く。

「失礼します」

コンコンというノックの音に、しかしその行為は中断される。扉が開いて入ってきたのは角田。馨を押し倒した姿勢のまま帝王が言う。

「取り込み中だ。あとにしろ」

たしかに〝取り込み中〟に見えるかもしれないが、堂々言うことか！　と馨は内心、叫びながら帝王の下からなんとか、抜け出そうともがくが、長身の身体はびくともしない。

そのあいだにも二人の会話は進む。

「申し訳ありません」

角田は、生真面目に深々と一礼した。この主人も主人だが、使用人も使用人だぜ！　と馨は呆れると同時に感心する。主人が女じゃなくて……男を押し倒しているのに、平然とできるか！　普通!?

「ですが、緊急事態です。特別寮がケント・ノーザンフォーク以下、DCを名乗る者達によって占拠《せんきょ》されました」

「なんだって!?」

そう声を上げたのは馨。やはり報告をうけて身体を起こした帝王の下からはい出して、ベッドの下に降り立ちながら言う。

「奴ら！　なにか言ってきているのか……とっ！」

立ち上がったとたんかくん、と膝が崩れそうになって体勢が傾く。しかし、力強い腕が腰を支える。

「身体に力が入らないだろう。急に立ち上がろうとするな」

「そうした原因は誰だよ！」

「私だな。なんなら抱いて連れていってやろうか？」

「いいっ！　一人で歩けるって！」

腰に手を回そうとする帝王を振りきって、馨は部屋を出た。

♛

そこは帝王の広い寝室より、三倍は広い部屋で、最奥の壁一面がスクリーンになっていて、ちょっとしたシアターのようだった。

ただし映っているのは映画スターではなく、軽薄な笑顔を浮かべた金髪碧眼の男。

『やあ、お楽しみのところを邪魔してしまったかね？』

おそらく、並んでソファーに腰掛ける自分たちの姿も、スクリーンに映っているケント達と同様に向こうに見えているのだろう。

ケントの隣に腰掛ける葵は、まったく無表情で人形のようにさえ見えた。

『助け出した姫君と王子が結ばれるっていうのは、神話の時代からのしきたりですからね。お楽しみの途中で邪魔したのなら、謝っておきますよ』

「なんの用だ？」

帝王は、ケントの軽口にはつきあわず、用件を言えと切り出す。ケントもそれ以上ぐたぐた言わず『これを見て下さい』と言う。

黒マントをまとった葵の親衛隊が連れてきたのは、手錠《てじょう》をかけられ、そんな必要はないのに哀れさを演出するためか猿ぐつわまでされた、重人。

『彼は代表の一人として来てもらいました』

「そいつに価値があると思っているのか?」

しらりと帝王が答え、スクリーンの向こうの重人はこの世の終わりとばかりに、『う～う～』訴えている。

「そりゃねえだろう、帝王」

と思わず馨は言う。

「まがりなりにも、政権政党の影の実力者の孫だぜ」

「政治家など、いくらでも首のすげ替えはきくからな」

「さすが獅子財閥と言いたいところだけどよぉ……」

スクリーンの重人はますます必死に、うめいて涙目にさえなっている。

『仲の良い夫婦の会話は微笑ましいけどね。こちらの話も聞いていただけないかな?』

「誰が夫婦だよ!」

馨は怒鳴りながら、ケントではなくその隣に座る葵を見たが、やはりその表情にはなんの変化もない。

『言うまでもありませんが、人質は彼だけではない。特別寮の生徒全員ですよ』

「要求はなんだ?」

帝王が聞いた。

『やはりあなたもここの寮にいる生徒は見捨てられませんか。まあ、ここにいる政治家の孫だけではない。獅子財閥の役員に関連企業の子息も大事でしょう』

「前置きはいい。さっさと用件を言え」

『やれやれ、商人の息子はやはりせっかちですね。ゆったりと会話を楽しむということができない』

「慇懃無礼《いんぎんぶれい》なイギリス貴族は逆だな。能書きばかり長くて、自分は動こうともしない。だから機会を逸《いっ》して失敗ばかり繰り返す」

ケントの青い瞳と帝王の黒い瞳。視線を交わし合った男達のあいだに、一瞬火花が散る。

『国際刑務所に囚われている我がDCのメンバーの釈放《しゃくほう》と、十億USドルを活動資金として寄付して頂きたい』

〝身代金〟ではなく〝寄付〟とはなんともDCらしい回りくどい言い方だ。

『どちらも、獅子財閥の力なら簡単だと思いますが?』

「本当にそう考えているなら、相当な楽観主義者だと言わざるを得ないな。身代金はともかく、国際刑務所を動かすとなると、各国政府と国連に根回しがいる。大国の一つでも反対したなら、長引くことになる」

馨はケントの請求した金額をレート計算してギョッとし、その身代金を〝ともかく〟の一言で片づけた帝王を、そんなに金あるのか⁉と思わずまじまじと見た。

『確かに時間は必要だね。いいだろう。今から日本時間の夜明けの六時までは、五時間あまりあります。回答はそれまでということにしましょう』

「たった五時間で各国首脳に連絡が取れると思うか？」

『財閥総帥直通のホットラインを使えば可能でしょう？　とにかく、タイムリミットは明日の日本時間六時です。それが過ぎれば一時間ごとに、一人ずつ殺していきます。まず、手始めに彼ということになるでしょう』

そう言ってケントは、重人に冷ややかな視線を送る。当然重人は怯《おび》えた顔で、ぶんぶんと首を振り、その拍子に猿ぐつわが外れた。

『た、助けてください！　エンペラー！　助けて！　馨ちゃん！　助けて、パパ！　ママ！　お祖父様ぁ！』

悲痛《ひつう》な叫びを聞かせながら重人は、部屋の外へと引きずられていった。『騒がしいですねぇ』とケントは冷ややかに言い、こちらに向き直る。

『では、交渉が速《すみ》やかに行くように望んでいますよ』

「待て」

そのまま通信を切ろうとするケントを帝王が呼び止める。

『まだなにか？』

「先日のゴーレムの暴走だが。あれはお前の仕業《しわざ》か？」

『ええ、エンペラー。あなたをあの事故で始末できればよかったのですが』

あっさりと言うケントに、画面の中の葵が驚いたように立ち上がる。

「あの剣を真剣に変えておいたのも？」

馨が聞く。

『ええ』

ケントはこれにもあっさりと頷き。

『あなたが乱入してくれたおかげで、なかなか面白い見せ物になりましたよ』

そのまま通信が切れた。

「……俺はお前の見せ物じゃねぇぞ！」

スクリーンに向かって言い、馨は帝王を振り返った。

「で、どうするつもりなんだ？」

聞くと「お前はどう思う？」と逆に返された。

「五時間っていうタイムリミットが思いっきり怪しいな。短かすぎる」

いくら気が短いテロ集団でも、この手の交渉に一日や二日単位のリミットを定めるのが普通だ。五時間で各国政府と協議して答えを出せ！　など、初めから交渉決裂を望んでいるとしか思えない。

「本気で交渉するつもりなのかは怪しいということだな。我々が五時間というリミットに焦って、各国政府と連絡するのにかかりきりになっているあいだに、他の計画を実行するのが目的というところか？」

「当たらずと言えども遠からずって感じだ。で、どうする？　それでも人質の命を優先して、今頃寝ているかもしれない各国首脳を叩き起こすか？」

「私がそんな平和主義者に見えるか？」

帝王が笑う。それは肉食獣の微笑みだ。

「見えねぇな。和平の席でも機関銃ぶっ放してぶちこわしにしそうだもんな、お前」

「そういうことだ」

帝王は、ここにはいないケントに向かい言い放った。

「交渉など初めから決裂している」

9

決定は強行突破《きょうこうとつぱ》。

「突入から制圧までの時間は十五分ってところだな。理想を言えば、五分……まあ、ベストは魔法みたいに一瞬に」

ここで十三課の面々だったら『室長、いくら俺たちでも無理ですよ！』などと突っ込みが入り、一同笑うところなのだが。それが突入前の緊張をほぐす、儀式のようなものだったのだ。

まあ、このくそまじめなツラした奴らじゃ無理だよな……と馨は心の中で呟きながら、部屋に集まった人々を見渡す。帝王の屋敷で働いている執事《しつじ》にコックに庭師……全ての使用人の男達が集まっていた。

なんと彼ら全員、訓練を受けた帝王専任のＳＰなんだという。

「できるわけはないだろう」

そして、その主人の少し間があいた突っ込みに、馨は膝かっくんになりそうになりながら、帝王を振り返る。

「冗談だよ。真面目に取るなよ」

「わかっている。なにか返事が欲しそうな雰囲気だったのでな」

「……だったら、もっとうまい突っ込み入れてくれ」

かすかに背後からぷっと吹き出すような音が聞こえて、馨がそちらを見れば、ちらほらと笑いをこらえる顔。そうではない顔も、どことなく口元がほころんでいる。

――まあ、なんだか固そうな顔が柔らかくなったのは助かったぜ。

「で、人質の生徒達とDCかぶれのガキどもが集まっているここは？」

と馨が聞くと「集会室だな」と帝王が答える。

先ほど、ケントが映っていたスクリーンには、特別寮の見取り図が映っている。そして一つの広い部屋の一角に、固まって点滅している青い点が人質となっている生徒。その周囲をうろうろしている赤い点がDC側となっている生徒達ということだ。

人間の一人一人の生体反応を登録し、それをトレースする装置は十年前には開発されてはいた。しかし施設全体にトレース装置を組み込まなければならない性質上、設計段階からの計画が必要な上、莫大な費用がかかるとあって、導入しているのは軍か政府の重要施設ぐらいのはずだった。

それがこのおぼっちゃま学校には、コロニー全体に組み込まれているというから驚きだ。つまりは建物内だけではなく、グラウンドどころかその周りを取り囲む森にも組み込まれているというから。

ケントに攫《さら》われた馨の居場所もそれで割り出したのだという。

もっとも、普段は生徒のプライバシーもあって、学院長クラスの許可がなければ使えない代物だという。つまりはどこを探してもおらず、万策《ばんさく》尽きて緊急に生徒を捜し出す必要がある場合のみ、使用されるということだ。

それを帝王は、部屋から馨がいなくなった……それだけで使ったのだ。

言われて馨は呆れた。

『俺がこっそり自動販売機にジュース買いに行ったとか、そういうのだったらどうするつもりだったんだよ？』

『お前は謹慎中だったのだ。部屋から一歩出ただけで重要な違反だ。当然、生徒会長として装置を使う権限がある』

さすが帝王。堂々と言い切られて、馨は沈黙するしかなかった。

「それで特別寮への侵入ルートですが、表の玄関と裏の通用口……」

「いや、いちいち普段の出入り口なんて、ちんたら使ってられねぇよ」

助川の発言を、馨が途中で遮《さえぎ》る。

「壁をぶちこわして侵入ルートつくるんだ。ここと、ここと、ここだな」

端末を直接操作して、スクリーンに映し出された寮の見取り図に赤いバッテン印を書く。

それは外壁から集会室までの直線ルートだった。

「しかし、壁を壊すような行為となると、中の人質を傷つける危険があるのではないですか？」

常識派の角田が眉をひそめて反対意見を出す。

「出入り口からお行儀《ぎょうぎ》よく出入りするほうが、時間がかかって余計人質が危険なんだよ」

制圧は、それこそテロリスト達にも人質にもなにが起こったかわからないぐらいの〝瞬《まばた》きほどの時間〟で行われるのが最良とされるのだ。

馨はまだ不満そうな角田に向かって再度口を開き。

「まあ、安心しな。壁の厚さも材質もわかってりゃ、爆破装置の調整は簡単なもんだよ。間違っても、建物全体をぶちこわすようなハメにはならないって」

「俺は警視総監の息子だからな」と、ちっとも安心に聞こえない台詞で結ぶ。

まさか、十三課の爆死した室長などとは名乗れないのだから仕方ない。

「しかし、お前のルートには問題があるな」

じっと見取り図を見ていた帝王が口を開く。馨もそれには気づいていたから「ああ、わかっていたか」と腕を組んで考える。

「一回目と、二回目に爆破する壁はいいが、三回目の壁の向こうには監視役の生徒達が並んでいる上、さっきから微動だにしていないな」

「ああ、人質達を反対側の壁に並べているからな。監視するには全体が見渡せる反対側ってことになる」

これが問題だった。壁を破壊すれば必然的に、凶悪なテロリストに協力しているとはいえ、監視役の生徒達が爆破に巻き込まれて傷つくかもしれない。

「別のところで騒ぎを起こして、そちらに奴らの気を引くってことも考えたんだけどな。それでも何人かは、人質の監視のためにその場に残るだろうし……」

テロリストごっことはとんでもない火遊びだが、しかし本人達は国際重犯罪に問われて刑務所に送られるかもしれない……どころか、その場で射殺されても文句はいえない、そんな凶悪事件を起こしている意識などないのだろう。

そういう子供を傷つけるのは、馨としても寝覚めが悪い。

「そういうことなら、壁の前から退かせるのは簡単だぞ」

帝王が言う。

「え？　どうやって」

「危ないと呼びかければいい。正直に壁を爆破するから逃げろとな」

「は？」という顔をする馨に、帝王はニヤリと笑って言う。

「私自ら奴らに告げてやる。まさか嘘だとは思うまいさ」

そういうことかと、馨は吹き出し。

「なるほど、よい子の生徒達からすれば、おっかない生徒会長の言うことは聞かなきゃならないか」

そう彼らは生徒なのだ。帝王が真剣な声で避難勧告をすれば、まず信用して爆発に巻き込まれては大変と逃げるだろう。

「ついでに、人質の生徒にも床に伏せるように言ってくれ」

「わかった」

頷く帝王に馨はまだ笑いが収まらない。くすくす笑いながら、「なあ、帝王」と呼びかける。

「なんだ？」

「手、こうして？」

自分の顔の横に手を挙げる。「こうか?」と帝王が手を挙げて。

「ハイ!　タッチ!」

手と手を軽く触れ合わせる。帝王は目を丸くし。

「今のはなんだ?」

「作戦の成功を祈ってだよ。うまくいきそうだし」

この高揚感《こうようかん》は本当に久々だなぁ……と馨は思う。人質がいる、わくわくするなんて悪いと思いつつ、気分はハイなのだから本当に業《ごう》が深いとは思うが。

帝王はそんな馨の様子と、自分の手を交互に見つめ。

「まじないというのなら、私は別の接触のほうがいいがな」

「え?」

振り返ると、指に顎をくいと上げられて、軽く触れるだけで離れる帝王の唇。

「こっちのほうがな。勝利の女神からの口づけだ」

ニヤリと確信犯の微笑みを浮かべる帝王に、馨はゆでだこのように真っ赤になった。

「お、お前!　人前で!」

「人前でなければいいのか?」

「馬鹿!　そういう問題かぁ!」

「待って下さい。サー・ノーザンフォーク!」

タイムリミットまであと一時間。人気《ひとけ》のない廊下に出たケントを葵が呼び止める。

「なんですか?　葵の上」

「さっきのお話は本当なのですか?　あのゴーレムの暴走で帝王を殺すつもりだったというのは!」

勢い込んで聞く葵に、ケントはガラス玉のような青い目を向ける。

「君もそれは、聞いていたはずではありませんか?」

「確かに、ですが、事故に見せかけて彼をそのままコロニーの外へと連れ出す計略だと聞かされていました」

「ゴーレムに帝王を攫わせるというあれだね。あんな子供じみた作戦を本気で信じたのかい?　あの機械はそんなデリケートなことはできないよ。せいぜい、帝王の身体を握り潰すのがオチだ」

くくく……と笑うケントに、葵は青ざめながら「ふざけないでください!」と強い眼差しを向ける。

「なぜです？　目的さえ果たしたのなら、無為に人を傷つけない。たとえ愚民といえども、慈悲《じひ》を与えるというのが、ＤＣの信念でなかったのですか？」

「もちろん、必要以上に愚民達を殺す必要はない。だが、彼は邪魔だよ」

「なぜ？」

「わからないのかい？　あれほどの頭脳と行動力、そしてカリスマ性。そのままにしておけば、将来僕たちの障害となるのは確実な人物だ。なにしろ、彼は獅子財閥〝唯一〟の後継者なんだからね」

〝唯一〟の……という言葉に葵は息を飲む。

確かにそれは獅子財閥の弱点だ。大国を動かすと言われる経済力、一国に匹敵《ひってき》するほどの規模を誇る、まさに獅子王国と呼べるその中央に君臨するのが〝総帥〟という立場だ。だがその総帥となるべき血を引くものは、今や帝王一人。

もし、その帝王が今、いなくなったら。

「強力な跡継ぎ候補がいなくなって、自分にもチャンスがあるかもしれないと内部で強烈な争いが起こるだろうね。そこにつけ込むチャンスがある」

「チャンス？」

「獅子財閥を、我らDCが乗っ取るのだよ。混乱に乗じてね」

「なっ、そんなこと……」

「できるさ。エンペラーがいなくなれば、あとは金勘定《かねかんじょう》に長《た》けただけの商人達が残るだけだ。彼らに獅子財閥という巨大な王国を動かす力はないよ。残された総帥も死すべき老人だ」

「十億、百億の身代金などはした金だよ。それより獅子財閥という、金の卵を永遠に生む鶏《にわとり》こそ価値がある」そう言ってケントは声を上げて笑う。

葵はその顔を睨み付け。

「壮大《そうだい》な計画ですが、あなたが勝手に決定できることではありません！　アイアン・デュークはこのことを……」

「ああ、あの老人ならば三カ月ほど前に亡くなったよ」

「それは！」

驚く葵に、ケントが上着から出した銃を突き付ける。

「一緒に来てもらおうか。君にはまだ使い道がある」

「私は、ここに閉じこめられているようなものだ」

夜明け前のかすかに明るくなってきた森の風景。カートの後部座席からそれを見ていた馨は、隣に座っていた帝王の唐突な言葉に「ん？」と聞く。

「両親が死んでから、祖父は私の身の安全に異常なほど敏感になった。地上にある屋敷では一人になどさせてもらえなかったな。常にSP達が周りを囲んでいるような生活だ」

「ああ、たしかにやりすぎだけど……」

跡継ぎ息子夫妻を亡くしたのだ。しかも、帝王の父親には兄弟もなく、帝王自身も一人息子だ。血縁の後継者を願う老総帥からすれば、唯一残った帝王まで奪われてはたまらないと思ったのだろう。

「じいさんはお前のことが大切なんだろうさ」

「気持ちは嬉しいがな。しかしだ、あげくがこの檻《おり》のような学校だぞ。確かに、地上の学校に通わせるよりは、このスペースコロニーのほうが安全だろう」

「なるほど、それで獅子財閥が莫大な費用をかけて、この学校をつくったってわけか」

とんでもないセキュリティの装備も、そして将来人脈となるだろう上流階級の子弟を集めたのも。

「全部お前のため？」

「そういうことだ。しかも、祖父は来年ここに大学部をつくろうとしている」

「つうことは、お前をもう四年間ここに閉じこめようっていう魂胆《こんたん》なわけか？」

「お前もそうだぞ」

「なんで俺が？」

　馨としては、高校卒業したあとは大学に行くか、それとももう一度警官を目指して国家試験を受けるか、考えあぐねているところだが。

「私が四年ここにいるということは、お前も同じようにここにいるということだ」

「なんで決めつけているんだよ！　俺は大学部受けるなんて一言も……」

「推薦枠を設《もう》けてやる。入試は無用だぞ」

「決定口調で言うなよ！」

　どうしてこいつはこう〝俺様〟なんだとため息をつく。

「安心しろ。私もここにもう四年も閉じこめられるのはご免だ。かならずここを出てみせる」

　帝王は馨から視線を外し、車窓《しやそう》の向こうの動く風景をじっと見つめる。まるで、そこに自分の未来があるかのような、そんな厳しい眼差しで。

「………」

なんとなく〝檻に閉じこめられたライオン〟という言葉を思い出した。だけど、動物園のあんな死んだ瞳の獣《けもの》じゃない。たとえどんな状況に陥《おちい》ろうとも、人に飼い慣らされず、いつかサバンナを駆けめぐることを夢見ている、まさしく百獣の王。

「しかし、今回の事件でお祖父様もわかるだろう。危険はどこにも転がっている」

「まあ、門を閉じたって、入りたい奴は入ってくるさ。とくにテロリストなんてものはな」

二人は会話をそう締めくくった。

カートが、特別寮の前に着いたのだ。

♛

集会室に集められた人質の生徒達はみんな怯え、部屋の片側に等間隔に座らせられていた。隣の人間との私語は禁じられていたが、そうでなくてもとても話す気にはなれなかっただろう。

反対側の壁には、銃を構えた同じ学院の生徒がずらりと並んでいるのだ。

中でも、重人の顔は蒼白《そうはく》だった。

タイムリミットは日本時間の朝六時、あと五時間……いやあれから一体どれほどの時間がたったのかわからないが、しかし数時間しかないことは確か。

そして、そのリミットが過ぎれば一時間に一人ずつ人質は処刑《しょけい》され、その最初が自分である。

――――今頃、お祖父様が叩き起こされて大騒ぎしている頃だろうか？　いや……あのエンペラーのことだからもしかしたら連絡なんかせず、強行突入の準備とか。しかも、馨ちゃんまでそばにいるし……。こ、これってもしかして、爆弾にガソリンの組み合わせ？

「ああ～殺される！」

すっかりパニックになって頭を抱える重人に、監視役の一人がもう一人に「一発殴って気絶させろ！」と命じた瞬間、ドン！　と大きな音が響いた。

「な、なんだ！」

音と同時に大きく揺れる建物。しかも、立て続けにもう一発同じ音が響く。今度は近く、まるで隣で起こったように聞こえる。

揺れも酷く、天井からぱらぱらと埃《ほこり》が落ち、人質の生徒達が悲鳴を上げた。

「な、なんだ!?」

「なにが起こった！」

監視役の生徒達も事態がわからず戸惑う。

『反乱者どもに告ぐ』

大音量のスピーカーから響いてくる声。誰もが聞き慣れている、この学院の生徒会長の声だ。

『貴様らは完全に包囲《ほうい》された。抵抗せずに出てこいなどと、説得はしない。お前達は、同じ生徒達を人質に取った上に、国際手配のテロリストに荷担した重犯罪者だ。その場で射殺されても文句が言えないことは、承知しているな』

帝王らしいといえばらしい、とりつくしまもない断言口調に監視役の生徒達は青ざめる。

つまり自分たちは、未成年であることもこの学校の生徒であることも考慮《こうりょ》されず、断罪されてもおかしくはないと宣言されたも同じだった。

『これからお前達が背にしている壁を爆破する！　お前達の安全など一切考慮していない。逃げたい奴は逃げろ！』

監視役の生徒達はいっせいに悲鳴めいた声を上げて、銃を投げ捨てて壁から離れた。帝王が本気だということはもはや疑いの余地はなく、彼はやるといったら絶対やる性格だ。

『人質の生徒達は床に伏せていろ！』

最後にそう言い渡して。

爆発音が、集会室に響いた。

壁の大穴から、武装した帝王の家の使用人が侵入する。

見張り役の生徒達のほとんどは、抵抗すれば射殺されるという帝王の言葉の衝撃に、もはやそんな気力はなく、次々と取り押さえられていく。

しかしそんな中、一人が床に倒れていた姿勢から銃を握りなおし、こちらにやってくる足音にそれを向けようとして。

ぴたりと額に銃を突き付けられた。

「なかなか度胸《どきよう》があるじゃねぇか?」

馨はニカリと笑い、蒼白になるそいつの額にぐりぐり銃口を押しつける。

「百発百中のロシアンルーレットに挑戦してみるか?」

リボルバーの全ての穴に弾が入っているのだから、それは正確にはロシアンルーレットとは言わない。

ガチリと撃鉄を引くと、当の本人はそのままぷくぷくと泡《あわ》を吹いて卒倒《そつとう》してしまった。

「ふん……根性がねぇ」と馨が呟くと、「馨ちゃん!」と後ろからかかる声。

「ああ、馨ちゃん! 馨ちゃん! 凛々《りり》しいお姿で!」

そう、馨の格好はいわゆる迷彩服姿。彼が着ると軍用ブーツもどことなくコケテッシュだ。

「そして、やっぱり助けに来てくれたんだね！」

と重人が床にへたり込んだ姿勢から、その足に取りすがろうとしたのだが、見事に顔面に足蹴《あしげ》をくらいひっくり返った。

「おまえなあ、可哀想《かわいそう》じゃないか。感激して抱きつこうとしただけだぞ？」

言っておくが、蹴ったのは馨ではない。

振り返ったのは帝王。

「命が助かっただけで感激だろう」

そんなことを言う。

ちなみに帝王の格好も同じ迷彩服。こちらは、部隊を率いる青年司令官といった感じだ。

馨はきょろきょろと当たりを見回し、「いねぇな」と呟く。

「ああ、ノーザンフォークと葵がな」

帝王もそう答え、やってきた助川に聞く。

「葵の生態反応はどうなってる？」

実は、ケントの反応はどう機械でトレースしても出なかったのだ。おそらくはトレースを妨害するようなシステムを使っていると思われたが。

「はい。爆破の瞬間に建物の外へと出ています。場所は割り出してありますから、外で警戒しているものに連絡しましたが」

その言葉に馨と帝王が沈黙する。二人ともおかしいと感じたのだ。

おそらく葵はケントと一緒だ。しかし、外へと逃れたところでどちらにしろ逃げ道などないということは、両方とも承知しているはずだ。ここは大都市ではなく、おそらく世界屈指のセキュリティを誇る施設なのだから。

悪あがき……と思うには気になることがある。ケントが交渉の期限を五時間と切ったこと。とうていその間に話などまとまるわけがない。

そこに裏があると思い、馨と帝王は強行突入を決定したわけだが、しかし、もしそれも奴の計算のうちだったら？　夜明けまでという時間を区切り、自分たちは突入の瞬間、逃げる。

そして周囲を警戒してる見張りには、その見張りができないほどの騒ぎが起これば……そう二人がコロニー脱出しても、誰もそれに追っ手をかけることができないほどの大騒ぎが起これば……。

帝王と馨は同時に弾かれたように顔を見合わせた。そして、正面に向き直って叫ぶ。

「逃げろ！　この建物は爆発する！」

同時の叫びに、助かったとうずくまっていた生徒達、そして、手に手錠をかけられてへたり込んでいた見張りも、それから帝王の使用人兼ＳＰ達も飛び上がる。

「どういうことですか！　帝王様⁉」

普段は冷静で温厚な助川も慌てて尋ねる。

「言葉通りの意味だ。この建物は爆発する。早く逃げろ！　周囲を警戒している者達にも無線で連絡して、離れるように言え！　一刻も早くだ！」

帝王の言葉に、事態を把握した者達が「わぁ！」だの「きゃあ！」だの悲鳴を上げていっせいに逃げ出す。

そう、特別寮の生徒全員に、帝王のＳＰ、それに馨に帝王。

この全員が爆発に巻き込まれたとなれば、コロニーはひっくり返ったような大騒ぎになる。確かに逃亡者が出たところで構っていられない。

「馨！　お前も先に逃げろ！」

「馬鹿！　お前と一緒だ！」

顔を見合わせ笑い合う。

この部屋にいる生徒全員が逃げ出すのを見届けて、二人は最後に脱出する。

全力疾走の障害物競走《しょうがいぶつきょうそう》だ。爆破のためにガレキが転がっている部屋を駆け抜け、三つの穴を潜り、建物を抜け出し、裏の森へと駆ける。

その瞬間、二人の背後で轟音が轟《とどろ》いた。


「助かったんだ……」

もうもうと煙幕《えんまく》のように上がっていた埃が晴れて、崩れ去った特別寮を見て、誰かが呟いた。

「助かったんだ！」

それと同時に上がる歓声。人質だった生徒達も、そして監視役だった者もなぜか抱き合い喜んでいる。

「葵たちはどこ行った？」

そばにやってきた角田に馨は聞く。彼が外の警戒の指揮を取っていた。

「それが、裏口に用意していたカートに乗って」

「逃げたか？」

「はい。追いかけようとしたのですが、そのとき建物が爆破されるという通信が届いて」

「ああ、逃がしたのはお前のせいじゃねぇよ。主人が大事だもんな」

逃げる犯人捕まえても、自分の主人である帝王が死んだのでは意味はない。帝王を守るのが彼の役目なのだから、彼の選択は正しい。

「だが、俺の役目は違うからな。もう役目じゃねぇけど」

「はい?」

半分のカオルも違うが、もう半分のカオルが言っている。

奴を追いかけろ! と。

「帝王には黙ってろよ」

そう角田に耳打ちする。すると彼は弾かれたように馨を見た。なにをするかわかったのだろう。

「今から追いかけても間に合わないかもしれません」

「わかってる。無駄とわかって行くんだ」

「しかし……一人では」

「だから、一人で行くんだよ。ご主人様をこれ以上危険にさらしたくないだろう?」

まだなにか言いたそうな角田の口をその言葉で封じて、馨は目立たぬようにその場を離れた。

馨は止めてあったカートに飛び乗ると、限界速度いっぱいまでアクセルを踏む。

この学院に来たときに通った桜並木を通り過ぎれば、あのときと同じく地面に降り積もった花びらが、ひらひらと桜吹雪のように舞い上がる。

何で追いかけているのか？　という思いはある。間に合わないかもしれないとも。

だが、やはり過去の自分の欠片がどこかに残っていて、こんな時には少しの望みがあれば食らいつかずにはいられない。

以前の自分を爆死させたのも、ＤＣなら……。

帝王の両親を殺したという噂があるのも、ＤＣだ。

それを考えて思わず苦笑する。もし、敵討《かたきう》ちのつもりなら、俺って健気《けなげ》かもしれない？

などと冗談めかして、心の中で呟く。

♛

シャトルの発着場には、迎えの小型シャトルがやって来ていた。ケントは葵を銃で脅《おど》し、乗り込もうとする寸前だった。

「どうやら間に合ったみたいだな」

銃を構えケントに向ける。ケントは微笑し。

「見送りに来ていただけるなど、感激ですよ」

「残念ながらそうじゃない。俺はお前達を捕まえに来たんだ」

近づき、あと二、三メートルという場所に来たとたん、膝から力が抜ける。床に膝を着いたとたん、手から銃が落ちた。

カラカラとそれが床に転がる音に、馨は心の中で舌打ちする。

――――しまった！　例のスタミナ切れだ！

身体が震え、目の前が急速に暗くなっていく。それでも、気を失うわけにはいかないとぐっと唇を嚙みしめるが、しかし全身に力が入らず、床にへたり込むように崩れる。

なにもこんなときに来ることはないだろう！

「おや、どうしましたか？　お疲れのようですね」

ケントが嫌みったらしく言う。

疲れるようなことなど、一つしか思いつかない。確かに特別寮への突入で身体は動かしたが、最大の原因は……。

――あいつが一発抜きやがったから！

近づいてくるケントに、馨はそれでも震える手を床に転がる銃へ伸ばす。だが、その前に奴のぴかぴか光る革靴のつま先で、銃が蹴られる。くるくると回転しながらそれは馨の手の届かぬ場所へと滑って止まる。

「形勢逆転ですね。あなたも運がない人だ。二度も殺されるとは。一度目は薔薇の花束。二度目はこんな無粋《ぶすい》な拳銃で」

身体に力が入らず、首を上げるのも面倒だったが、その言葉に相手の顔を見上げる。

「てめぇ……俺の正体を」

「知ってますよ。高円寺馨君、いや風間薫室長とお呼びしたほうがよいかな？　警視庁分室、第十三課室長」

「僕が送った花束は気に入って頂けましたかな？」そう続けて言われて、馨は目を見開く。

「お前がアイアン・デューク？」

「ええ、あの薔薇は僕がその名を受け継いだご挨拶ですよ」

「ずいぶん丁寧な挨拶だったぜ」

「お気に召して頂けたなら嬉しいですよ」

「なぜ俺の正体がわかった？」

このことは、当事者である馨と警視総監、篠原博士と手術の助手を行った医師や看護婦しか知らないはずだ。口外するような人物も一人もいないはず。

「不治《ふじ》の病《やまい》に冒《おか》された少年がある日突然病気が治って、しかも、あなたのように活発な方になるなど、とうてい信じられませんからね。常人なら脳移植など考えつかないことですが、篠原教授ならあり得ると、我がDCの誇る科学アカデミーから回答が得られました」

「狂人には狂人の考えていることが、わかるってわけか」

「狂人などと……大天才ですよ。篠原教授にはDCに何度もお招き申し上げたいとお誘いしているんですがね、いつもすげなく断られる」

「百万回生まれ変わったって、テロリストの仲間にならないと言ってたぜ。俺も同意見だ」

「意見の相違は悲しいところですね。おしゃべりはこれまでにして、葵の上」

名前を呼ばれた葵は呆然と馨の顔を見ている。

「彼が……十三課の？」

信じられないという気持ちと、嫌悪感とが入り交じった表情。まあ、普通の反応だろう。構わないと言い切った帝王のほうが、普通じゃないのだ。

でも、それで馨の気持ちが救われたのは事実だ。

そのままでいいのだと……言ってくれた。

愛している……と低い響きが耳によみがえる。その時の表情も。

最期に顔を鮮やかに思い浮かべることができてよかったなんて、女々しい考えをしている自分に苦笑する。どんなに夢中になっている女でも、窮地《きゅうち》のときには忘れ果ててた。自分の命を救うことと、犯人逮捕のことしか頭になかったのに。

それなのに今は、たった一人のことをこんなにも想っている。

もう一度会いたいと考えて、馨は内心で苦笑した。一人で来たのは自分なのに。

あのふてぶてしい男を危険に巻き込みたくないと思ったのも本当で、後悔はないが。

「さあ葵の上、君の手で彼に二度目の死を与えてくれたまえ。この処刑ができたのならば、君がエンペラーを撃てなかったことの罪は問わない」

悪魔というのは、こんなふうに人を誘惑するのではないのだろうか？　そんな甘い声でケントは葵にささやき、その手に懐から出したもう一つの銃を握らせる。

「さあ、やりたまえ」

そうして、自分が手にした銃は葵に向ける。逆らえば撃つという無言の圧力だ。

「……悪趣味だな。撃つなら自分の手で撃てよ」

馨はケントに向かい言い、葵を見る。

「あんたが手を汚す必要はない」

「………」

葵はそんな馨の瞳をじっと見て、口を開く。

「だから、あの人は君のことが好きになったのかな？　僕は君に銃を突きつけているんだよ」

「だから撃つなと言っている。あんたが俺を撃つ理由はない」

「撃たないでくれ……ではなく撃つな？　君は優しいね。だけど同情しているのだとしたら、残酷だよ」

寂しく笑うその表情から、馨は目を逸らせない。たとえDCから送り込まれたスパイであっても、たぶん葵は本気で帝王のことを好きだったのだ。

本気になってはならない恋で本気になって、そして破れた。

「答えて」

銃口を馨に向けて葵が言う。

「あの人のことを愛してる？」

「好きだぜ」

あっさり言う。最後ならば、意地を張ることも、嘘を付く必要もないから。

「そう……」

葵の指が引き金にかかる。

「待て！」

鋼《はがね》の鞭のように硬質《こうしつ》な声。葵の指がぴくりと震えて、固まる。馨も気だるい身体を叱咤してそちらを見れば、こちらに向かって大股に歩いてくる長身が見える。

帝王は馨をかばうように葵の前に立ち、言う。

「撃つならば私にしろ。お前を傷つけたのは私だ」

「……エンペラー」

葵が潤《うる》む瞳で、帝王を見る。震える手で構えていた銃を力なく降ろす。

「ひどい人。僕があなたを撃てないのをわかっていて」

「私もお前を撃つことはできない、葵」

たとえ愛することはなかったとしても、それでも彼は帝王の愛人だった。〝やめろ〟と声をかけるよりも、葵を撃つこともできたはずだ。だが、帝王は銃をホルスターから抜かず、素手でその前に立ちふさがった。

「かっこつけるのはいいけどよ、お前、馬鹿か……」

そう呆れた声を上げたのが馨。帝王は振り返り。

「助けに来てくれて嬉しい、ぐらい言えないのか？」

「言うか！　角田の奴、話したな！」

ご主人様が大事だろう？　とわざわざ念押ししてやったのに、あの堅物《かたぶつ》め。

「あいつの主人は、お前ではなくて俺だ。お前の言うことは尊重するが、私の命令は絶対だ」

「獅子財閥の跡取りがこんなところに、のこのこ一人でやってくるなよ」

「私の命より、お前の命のほうが大事だ」

「………」

思わず、こんな場面でこんなことを言ってしまう男に馨は赤面した。

――恥ずかしい奴……。

「さっき言ったことは本当か？」

「なにが？」

「私のことを愛してるという話だ」

「……あれが嘘や冗談だと思ってるなら、ぶん殴ってやる」

スタミナ切れで、そんな力などとても出ないが。

「感動の告白の最中悪いけどね。僕がいることを忘れないでほしいな」

ケントが嫌みったらしく言う。

「お前、まだいたのかよ」

馨が顔をしかめれば、「ええ、いましたよ」と答える。

「だが、そろそろ退散の時間のようです」

ケントが素早く手を伸ばして、葵を羽交《はが》い締《じ》めにする。そのこめかみに銃を押しつけ。

「動くな！　動けば彼の命はないぞ！」

そう叫び、帝王だけではなく、駆けつけようとしていた角田と助川達をも牽制《けんせい》する。

葵を羽交い締めにしたまま、シャトルの中へとケントは移動する。

「ひとまず、この勝負は預けておくよ、エンペラー」

「葵を解放しろ」

「ああ、これはもう用なしだ」

あっさりと言って、ケントは葵をシャトルの外へと突き飛ばす。

――――今だ！

馨は全身の力を振り絞って、目の前に転がる己の銃へと飛びついた。

「そしてこれで終わりだ！」

ケントの銃口は真っ直ぐ帝王へと向けられる。慌てて角田と助川が銃を構えるが間に合いそうにない。

二つの銃声が同時に響いた。

一つは馨の銃。その弾は、ケントの左胸へと真っ直ぐ吸い込まれていった。

もう一つは……。

「帝王！」

馨は叫んで確認する。

「私は無事だ」

いつの間に抜いたのか銃を構えたその姿は、たしかにどこも怪我をしてないように見えた。

そのとき……。

動き始めたシャトル。開きっぱなしの入り口。ケントの身体が前のめりに倒れて、その首が転がり落ちた。

カンッ！

あまりにも軽い音だった。プラットホームの床に、首が当たって跳ねた音だ。ごろごろと転がり止まったケントの首。その額には蜘蛛《くも》の巣状のひび割れが……。

帝王の撃った銃弾だった。

「ロボット……？」

あまりに腰砕けの結末に、馨の意識も腰砕けだ。

「馨！」

前のめりに崩れる身体を、帝王の腕が支え、横抱きにする。

その横を加速したシャトルが通り過ぎていく。操縦席に座っていた男が次の瞬間、かけていたサングラスを取り、帝王は息を飲む。

後ろを振り返りこちらを見た顔は、ケント。その口の動きは。

『いずれ、また、エンペラー』

——二度と顔など合わせたくないがな……。

心の中でそう答え、去っていくシャトルを見送った。

10

意識が浮上する。

横を向けば椅子に腰掛けて本を読んでいる帝王の姿が見えた。

「俺、何時間ぐらい寝ていた?」

「気がついたのか?」

帝王がベッドサイドのテーブルに読みかけの本を置く。

「ほぼ一日寝ていたぞ。今はちょうど翌日の日本時間の夜明けだ」

上半身を広いベッドから起こして、そこが帝王の寝室であることに気づく。自分がパジャマに着替えていることも。

「一日そばにいたのか?」

「ああ」

「パジャマに着替えさせたのは?」

「私だ」

「下着も?」

「ああ」

「……いたずらしなかっただろうな?」

「意識のない者に無理強いする趣味はない」

「どうだか……」

一呼吸置いて聞く。

「葵は?」

「あれなら昨日の昼にはもうここを離れた。今頃はもう東京だろう」

「そうか……」

引き留めるのは……酷《こく》だろう。

信じていた組織からは裏切られ、恋にも破れて……彼がどうするかは気になったが、しかし馨がどうこうできる問題ではない。

「正式な退学の手続きはあとになる。今回の事件に荷担《かたん》した他の者達も同様だ。とはいえ自主退学という形になるがな。今回の事件を表沙汰《おもてざた》にするには、彼らの将来のこともある」

「まあな、超つくおぼっちゃま達が、テロリストでした……っていうのはなぁ」

「それを言うなら、警視総監の息子が大活躍というのも隠さねばなるまい?」

「その言葉そっくりそのまま返すぜ。獅子財閥の将来の総帥」

マスコミの注目を集めれば、当然、事件を解決したのが誰か? ということが話題になるだろう。そのとき、目立つのはどちらもマズイ。

「うやむやに片づけるのは気に入らないけどな。あの変態教師のことといい……」

「『また……』と言っていたぞ」

「なんだそれ!?」

帝王が馨の倒れたあとの顚末《てんまつ》を話す。

「はあ……二度と会いたくない相手だけどなぁ」

「向こうが放っておいてくれるとは思えないな」

「言えてる」

どっちにしても、半分のカオルの爆死の原因をつくってくれた人物だ。自分で自分の敵討ちをするってのも奇妙《きみよう》だし、そんな気持ちはないが……しかし、縁は切れないだろう。嫌な関わりではあるが。

「それから、葵からの伝言がある。私とお前にだ」

「葵から?」

「奴に気をつけろとな。おそらく先代のアイアン・デュークとやらを暗殺したのも奴だと葵は言っていた。その上、とんでもない野望を秘めていると」

「野望ねぇ……」

色々ありそうではあるが、しかし、どっちにしてもこれだけ派手にやったのだ。奴もしばらくはナリを潜めるだろう。

「まあ、そのときのことは、そのときになって考えるか……」

「そうだな。今はこっちのほうが重要だ」

答えた帝王の顔。いつの間にかベッドに腰掛けていて、目の前にある。

「な、なんだよ?」

「馨、愛してる」

「い、いきなり言うな!」

ぽん！　と爆発したみたいに、耳まで赤くなったのが自分でもわかる。

「そうではないだろう?　葵に言えて、私に言えないのか?」

「うっ……」

だが、あの瞬間はなんというか、もう最後だと思っていたし、葵も真剣で、ふざけて軽口叩いているような状況ではなくて。

「面と向かって言えるか！　馬鹿！」

馨の気持ちを要約するとこうなる。

しかし、相手は帝王だ。逃がしてくれるわけがない。

そのままベッドを飛び降りようとしたところを、逆に押し倒された。

「私に言わなくてどうする？」

「もう、聞いたからいいだろう！」

押さえ込まれて、暴れながら叫ぶ。

「だから、お前から直接は聞いてない」

「お前みたいに恥知らずに何度も言えるか！」

「恥知らずでもなんでもかまわない、馨、愛してる」

「っ……！」

吐息がかかるほど間近で、しかもこんな端整な男の顔で言うのは反則だ。心臓が止まりそうになる。

「愛してる」

「黙れ！」

「愛してる」

「言い過ぎだ！　お前！　っ……！」

叫んだ唇に唇が押しつけられる。ただ触れるだけのそれなのに、唇が烙印を押されたように熱い。

「馨……」

「もう、言うな！」

今度は自分から口づけて、男の首に手を回して抱きついて、その耳元で小さく呟いてやった。

「好きだ……」

言ったとたん、きつく抱きしめられた。

「愛してる」

「だから言うなって言ってる、馬鹿……ぁ……」

首筋に口づけられて、声が上がる。いつの間にか、パジャマの上着のボタンが全部外されて、肩から滑り落とされようとしていた。まったく、手が早い。

「ちょっ……」

胸に降りた男の頭を抱きしめて、髪の毛を引っ張る。降りていく唇の感触が生々しい。

唾液で濡れて、そこだけ皮膚がひんやりと粟立つ。

「待てっ……あっ！」

左の胸に吸い付かれた。たちまち固くなる粒《つぶ》を舌で嬲《なぶ》るようにされて。全身に広がる甘いしびれに、思わず抱きしめた頭をそこに押しつけてしまい、さらにねだるような形になる。

「鼓動がやはり早いな」

「どこで……そんなの計って……やが……るっ！」

心臓の上、薄い皮膚を柔らかく噛むようにされて、帝王の歯とそのあとざらりと舐める舌の感触。しなやかに背をのけぞらせて、浮いた背中をゆっくり滑り降りていく、大きな手のひらの感触にさえ、感じる。指でゆっくりと背のくぼみをたどるようにされて。

「あ……はっ……！」

パジャマのズボンの中、侵入する手。指先が触れて包み込んだ瞬間。全身に火花のように甘いしびれが走る。刺激されるまでもなく、それが帝王の手だと意識するだけでも、高ぶる身体を感じた。

上がる声が嫌だとかそういう意識はなく、反射的に唇を噛みしめて息をこらえる。

「傷が付く」

胸からいつの間に自分の顔を見つめていたのか。目の前にあった男の顔、きっと赤く色づいているだろう唇を舐められて「あ……」と震える声が漏れる。

「それに息を我慢するから、苦しくないか?」

聞いたクセに、その答えようとした唇を塞がれる。絡まる舌。ぴちゃりと淫《みだ》らな音がした。自分からも積極的に絡ませて、でも結局はその巧みな舌遣いに翻弄される。

帝王の唇にすっぽりと包まれて、熱に浮かされたようになっている吐息さえ、吸い取るようなそれに、よけい苦しいんだとトントン、肩を拳で叩いてやる。

「ふ……はぁ…っ……」

合図に応えるように男が唇をずらして、大きく呼吸をすればすかさずまた塞がれて……そこで罠《わな》にはまったことを悟る。

これでは溺《おぼ》れる魚だと……水の中さえ息が苦しくて、水面に顔を出して呼吸をすれば、またさらに苦しくなる。甘い蜜のような水の中に囚われて、身動きがとれなくなって、嬌声はあぶくのように絶え間なく、こぼれて。

だが、与えられる口づけは嫌ではないのだ。吸われて濡れて赤く色づいた唇を、せわしない息のあいだに自ら重《かさ》ねる。舌をざらりと舐め上げられて、ぞくぞくと背に震えが走る。

反射的に身をよじる。

「あ……やっ……!」

しかし、檻の中に閉じこめるようにきつく抱きしめる男の腕はびくともしなくて。それに自分も本気で逃れようなどと思ってはいない。この腕からは逃れられない。

「本当に？」

くすくすと耳元で笑う声。『こんなになっているぞ』と言わんばかりに、手の中の熱源、蜜の涙を流すそれの敏感な先を指で撫でられて、高い声を上げてのけぞる。

「あっ……あ……」

「気持ちいいか？」

ゆるゆると手を動かされ、腰が自然に跳ねて動く。止められない。それでも、言葉だけは意地を張る。

「聞くな」

「馨」と名を呼ばれ、触れるだけの口づけをよこされて、もっと欲しくて無意識に追った。それを計算したように、男の身体が下へとずらされる。

何をするのか？　とキョトンと見て、そして開かれた足の間へと埋まる顔。直前、上目遣いにこちらをちらりと見た意地悪な視線に、さらなる罠にはまったことを知る。

「や、やだ！」

これを意識させるためだったのだと、気づいた時には遅かった。含まれ舐め吸われて、引きはがそうと帝王の髪を摑んだ指先が、滑り落ちる。

「ああ…ん……」と漏れる細い声。これが自分の声だということが信じられない。こんなところを口で愛撫されているという恥辱と、十七のガキに思うがままにあえがされ翻弄されているという悔しさと、それぞれのカオルの気持ちが半分ずつつない交ぜになって、その恥辱さえ快感につながる。

だけど、全身を燃え上がらせる熱は、そんな思考さえ侵食《しんしょく》し奪っていく。でも、本当は恥ずかしいとか、男のプライドが……とか、どうでもいいことなのかもしれない。そう最後に残ったまともに回る頭の切れ端で考える。

それさえも帝王のつくった熱に煽られて、ひらひらと燃え上がり消えて。

好き……という気持ちだけになる。

「っ……！」

帝王の舌が先からこぼれる蜜を舐め取るように動いていた。ぴちゃぴちゃとわざと音を立てている、そんないやらしい響きさえ、耳から全身を燃え立たせる。柔らかく太ももを撫で回す、その手の動きさえその下の肌をざわざわとさざめかせ、熱を中央に集中させていく。

全身に震えが走り、腰が浮き上がる。限界が近い。

いつの間にか無意識に男の頭に押し当てていた手。指を髪に絡めて引っ張る。

「……だめ……だっ……！」

知らせるつもりでそう言ったのに、男はさらに促《うなが》すように吸い上げてくる。唇できつく扱くようにして、舌は敏感な先を嬲るように。

「……あぁっ！　……や……ぁ！」

首を嫌々と振り、熱を散らそうとしてもたまるばかりだ。あえぐ呼吸、その自分の吐息の熱で、窒息《ちっそく》しそうになる。でも、相手の口の中で出すなど考えられなくて、耐えようとする。いや、もうその耐えかたさえわからなくて、ただ必死に男の髪をひっぱって。いいから出せ……というように、太ももの内側を柔らかく撫でていた手が、男の頭にかかる馨の手に触れる。無意識に指を絡めて握りしめ合う。

「つっ……！」

しなやかに背をのけぞらせて果てる。一度ではなく、二度三度と小さく跳ねて。

次の瞬間脱力し、全力疾走をしたあとのように、はあはあと呼吸を繰り返す。ドクドクという心臓の音が、耳元で大きく響く。

ごくりと男が喉《のど》を鳴らすのが聞こえて、きつく目を閉じた。

「良かったか？」

馨の汗に濡れた前髪をかき上げながら、帝王が耳元でささやく。「こちらを見ろ」という声に、不承不承目を開けて、恥辱に赤らむ顔で睨みつけ。

「このっ！」

殴ろうと手が出たが、しかし力の抜けた身体では簡単にあしらわれて抱きしめられる。

頬に当たるシャツの感触に顔をしかめて。

「……ずるいぞ、お前」

「ん？」

「俺ばかり、むきやがって！」

帝王の着ているシャツのボタンを外そうとするが、余韻でどこもかしこもしびれている指先では、うまくいかない。イライラしてひっぱると、帝王の手にやんわりと外された。

「脱ぐから、待ってろ」

子供にお休みの挨拶をするみたいに頬に口づけられて、身体が離れる。帝王が服を脱いでいく様をぼんやりと見つめていると、なんだかだんだん。

「むかつく……」

「なんだそれは」

すっかり脱ぎ終えて、再び抱きしめられた。服越しでもわかっていたが、厚く逞しい胸に力強い腕。

「……ガキのクセに、もう一人前の男の身体してやがる」

「褒め言葉として受け取っておこう」

「ちぇっ！　言ってろ！」

横になった身体を起こされて、膝の上、向かい合わせに抱き上げられる。筋肉のしなやかな動きも眩しい肩に、頬を押しつけて馨は呟く。

「俺も終わってるよなぁ」

「なにがだ？」

「男の裸の胸に抱かれて、安心できるなんてな」

「違うな」

「え？」

「私だからだろう？」

「自惚《うぬぼ》れてやがる……」

口元に二本の指を差し出されて「舐めろ」と言われる。

その意味をなんとなく察して、男の顔をじろりと見る。

「ヤる気かよ？」

「もちろん、ここで止める気などないな」

抱き上げられた膝の上、太ももにしっかり当たっているのだ。言われなくてもわかる。涼《すず》しい顔でニヤリと笑っても、男の下半身はしっかり暴走していて、それが腹立たしいのと妙に嬉しく感じているから、ますます終わっているよな……と感じる。

「威張《いば》って言うことかよ」

それでも憎まれ口を一つ叩いて、差し出された指を舐めてやる。思わせぶりに舌を絡めて、上目遣いにちろりと見れば、男がなんとも言えない顔になる。

「あまり私を煽るとあとがつらいぞ」

なら、それを見せてもらおうか？　とばかり、軽く歯を立ててやると「っ……」とかみ殺すような声。太ももを押し上げているそれも、ぴくりと震える。

なんだかんだ言ったって、こいつもやりたい盛りの青少年だよなぁ……とくすくす指を含んだまま、笑いをこらえる。

「もういい」

指を抜き取られて、腰をぐいと抱き寄せられる。より密着したそれは火のようで、こちらを見る帝王の瞳にも炎が燃えていて、煽りすぎたかなと少し後悔したが。

「覚悟しろよ」

後の祭りだ。

「ちょ、ちょい待て……」

「待てない」

向かい合わせに抱き合っていて、男の身体を挟んでいるこの体勢では拒否などできない。濡れた指にそっと入り口を撫でられて、ぞわりと背中の産毛が逆立つ。

「痛くはしない。力を抜け」

「なに、ガキの医者みたいなこと言って……るっ！」

敏感な耳の裏、強く吸い上げられて、その不意打ちに身体の力がゆるむ。その隙をついて指が一本入り込んだ。わかっていたのに身体がすくむ。

「や……抜け！」

「できないな」

異物感に締め付けて、しかし、同じようにまた首筋に歯をたてられて、身体の力が抜ける。指はそのあいだに奥へと入り込んで探るような動きをする。やっぱり気持ちが悪い。できないと言おうとした瞬間。

「あぁっ！」

その指先がある一点に触れると、身体が自分の意思とは関係なく跳ねた。強すぎる刺激に、一瞬のことだったのにくらりと目眩がしたほど。

「ここか？」

帝王が確かめるように言う。「い…やだ！」と言っているのに、何度も確認するように執拗《しつよう》に触れる。その度に跳ねる身体が嫌で、ぎゅっと男の首にしがみついた。

いつの間にか指が二本に増えて、帝王の腹に押しつけられている自分自身も熱を持ち始める。そうなれば逞しい腹筋にこすられて、ますます……悲鳴めいた嬌声が口からこぼれて止まらない。

「は……あっ……ああ……てぃお…う……」

「もう、そろそろいいか？」

「……しる……かっ……っ！」

二本の指が素早く抜き取られて、押しつけられる。指などと比べものにならない圧倒的な質量のものが侵入してくる。身体を二つに引き裂かれるような痛み。

「馨……力を抜け」

かすれた帝王の声。無言で首を振る。口を開けば、全身を貫く激痛に悲鳴を上げそうだったのだ。

「仕方ないな」という呟きに『なにがだ！』と内心で反論した瞬間、萎《な》えかけていた前をするりと嬲られて、そちらに気を取られた。弛緩《しかん》した身体へ一気に帝王の欲望が侵入してくる。

「あああああっ！」

喉からこぼれる悲鳴。「大丈夫か？」なんて耳元でささやくなら、初めからするな！と思う。

「……しばらく……動く……な……」

「わかった」

切れ切れの声で告げると、珍しく素直な返事が返ってきた。帝王の手が労《いたわ》るように髪を撫で、涙がにじんだまなじりに唇が触れる。そんな優しい愛撫に、身体は痛みを感じているはずなのに、心は喜びを感じた。

激しい痛みも徐々におさまってきて、ドクドクと脈打つ帝王の存在をありありと感じる。我慢するのはつらいだろうに、自分がいいと言うまで動かないつもりだろう。あんなに傲慢な男なのに、こんなにも優しい。

「いいぜ」

「ああ」

かすむ視界。男の顔を見て笑う。

そう言って、緩《ゆる》やかに突き上げられて、上がりそうになった悲鳴をこらえる。

「つらいなら、声を出せ。そのほうが楽になる」

「こんな痛みぐらい……あっ！」

痛いだけのはずだったのに、奥を突かれて目を見開く。感じたのは先ほど指で確かめられた場所。

馨のその反応を見逃すはずもない帝王は、二度、三度と突き、その唇から苦痛ではなく嬌声をさえずらせる。

「…あ……はっ……や……っ……」

あれほど感じた痛みはもうどこか遠くで感じるだけとなり、かわりに濃厚な蜜のような快楽が全身を捕らえている。その麻薬《まやく》のような甘美さに、逆に恐怖さえ覚える。

「……も…う……や…だ……おか…し…く……なるっ！」

「かまわない。おかしくなれ」

抱きしめられ、何度も揺さぶられて突かれて、歓喜の涙が頬を伝う。それを舐め取るように頬に口づけられて、耳元でささやく声。

「馨……馨……」

少しかすれた帝王の声。閉じていた目をうっすら開ければ、余裕のない男が自分を見つ

めていて、ああ、こいつにこんな顔をさせているのは自分なのだと、そのことに満足を覚える。

「……おま…え……だけ……だか…ら……な……」

切れる息を、こぼれそうになる嬌声を抑えて、かすむ視界にその顔を真っ直ぐに見て告げる。

「馨?」

「……こん…なこと……させる…の……」

それだけで通じたようだ。帝王は嬉しそうに微笑み、きつく馨の身体を抱きしめる。

「当たり前だ。他の誰にも触れさせない」

こんな独占欲が心地よいだなんて重傷だな……と、男の動きに合わせていつの間にか揺れる腰を意識しながら馨は思う。

「あ……ああ……あんっ……」

「……気持ちいいか?」

「うん……いい……んあっ!」

「やっと素直になったな」

「……ばか……ぁ……ん……」

「でもないか……」

苦笑混じりの息が耳にかかって、馨はそれにさえも反応して甲高い声を上げた。

そう、お前だからキスしても抱きしめてもいいし、足を開いて、その熱を受け入れて女のように悲鳴を上げてやってもいい。

やっぱり、そうとうイかれてるのかもしれない。

などと、まともに考えられたのはそこまでで……あとはただ、互いに熱を追い上げる行為に夢中になった。揺さぶられる動きと、中を満たす熱だけを感じて。

「！」

その瞬間は言葉もなく、あれほど激しかった動きも止まって、中に解き放たれる帝王の灼熱と、とろとろと自分と帝王の腹の間を流れていく己の欲望の感触と。

まるで嵐の過ぎ去った海のように、互いの荒い呼吸の音に耳を傾ける。

しばらく、そうしていただろうか？

「帝王……？」

ぴくりと馨の肩が揺れる。

イッたばかりで敏感になっているそれに帝王の指が触れたのだ。いまだ中にある彼の欲望も再び熱が灯り、固く大きくなったような気がする。

「もう一度いいか？」

眼差しでも確認するように見つめられる。

「……このドスケベ！」

言って、男の首に手を回して、了解の意を示した。

結局、次の日もベッドの上で点滴《てんてき》を受けるハメになった馨だ。

♛

写真の中の少年はあくまで美しく、本人の性格までは伝えていない。

その艶やかな絹糸のような黒髪のしなやかさよ。憂《うれ》いを秘めた黒い瞳はどこを見つめているのか。窓辺に寄りかかる姿は逆光を受けて、シャツの中の細い肢体《したい》のシルエットが浮かび上がっている。

写真の中の高円寺馨はあくまで美少年だった。

「さあ、並んで並んで！」

馨のブロマイドの発売日。写真部の部室は満員御礼である。部長の重人はほくほく顔で声を張り上げる。

ましても、そのご本人が窓辺で写真と同じようなポーズを取っていれば、売り上げが倍増するというものだ。しかし、当の馨はそんなことには頓着《とんちゃく》せず、熱い眼差しを送る客達にも愛想《あいそう》を振りまくこともない。

「重人、売り上げの半分はよこすって本当だろうな?」

「男に二言はないよ。我が写真部は肖像権をきちんと守ってます」

「何が肖像権だよ……」

呆れたように言い、窓の外を見る。後ろからは相変わらず重人のにぎやかな声が聞こえている。

「これなんかどう?　珍しく微笑んじゃって、かわいいだろ……う?」

その重人の声が、途中で消えたことに「ん?」と馨は振り返り、目を見開く。

「帝王……」

そこには怒りの表情で、ブロマイドを握りしめた帝王が立っていた。

「私の許可なくこんな物を売るとは、どういうつもりだ?」

「あ」だの「う」だの言葉にならないうめき声を、重人は上げている。エンペラーに口答えできる、学院の生徒などいない。

いや、一人だけいるが。

「俺が許可したんだ。俺が写ってるんだから、俺以外のヤツの許可なんていらないだろう」

「馨ちゃん！」

重人の顔は救われたというより、これから来る嵐の予感におののいているようだった。

「このようなふしだらな写真の販売を、生徒会長として許可するわけにはいかない。風紀委員、没収しろ！」

憲兵《けんぺい》よろしく緑の腕章《わんしょう》をつけた風紀委員が、客の生徒達から写真を没収していく。写真を持ったままこっそり逃げようとする者、取り上げた風紀委員に文句を言う者ありで、部室の中は大騒ぎになる。

「この写真のどこがふしだらなんだ。ちゃんと服着てるだろう！」

「服が光に透《す》けて身体の線が丸見えだ。これでは裸とかわらない。だいたいお前には貞操《ていそう》観念《かんねん》というものがないのか？　私という者がありながら、他の男の欲情をそそるような写真を撮らせるなど」

「遠回しに言わなくていいぜ。要するに、夜のおかずにされるってことだろ？」

顔をまっ赤にして怒る帝王などへっちゃらで、馨はしゃらりと答える。

「馨っ！　使用目的がわかっていて、販売を許したのか!!」

帝王が目を剝《む》く。

「俺じゃない、写真だからな。頬ずりしようがマスターベーションしようが、想像すると気色悪いけど、あくまで写真で俺じゃない。それに、売り上げの半分は俺のモンになるんだし」

「だったら、私が全部写真を買い取って、半分お前にやる!!」

「やだ！　お前からの金は受け取らねぇ。それじゃ、愛人みたいじゃねぇか!!　それに、みんな楽しみにしてるのにお前が全部買い取るだなんて、横暴《おうぼう》だぞ」

「他人の金は娼婦《しょうふ》のように受け取るくせに、恋人の私の金は受け取れないと言うのか!?」

「娼婦って……てめぇ、言っていいことと悪いことがあるぞ!!」

争点はお見事にずれている。

コンマ十秒で怒りの沸点《ふってん》に達した馨は、帝王の顔面に向かってこぶしを突き出した。それを難なく片手で受け止める帝王。ならば！　と鳩尾《みぞおち》に肘を叩き込むが、これも受け止められた。

こうなると周りの人間達は速やかに避難し、遠巻きに見守るしかない。重人も四つんばいの姿勢で命からがら部室を逃げ出した。

「尾多賀君」

ちょんちょんと肩をつつかれ、見上げれば助川の顔があった。

呆れたように部室のほうを見て、重人に話しかける。

「また始まりましたね。あのお二人の夫婦喧嘩は今や学院の名物だ」

「たしかに端で見てるとおかしいけどさー、よりにもよって写真部の部室でなんて。貴重なカメラとか機材とかたくさんあるんだよ。誰か止めてくれ！」

重人は頭を抱える。

「お気の毒に……。どうします？　角田君。止めてくれますか？」

「ああなったお二人をお止めできる者は、この学院にはいないよ。さすがに私も、余分なケガはしたくない」

隣にいた角田も首を振る。そのとき、派手にガラスが割れる音がした。

「ああっ！　俺のカメラが……。貴重なネガだってあるんだぞ！　つい最近買った、軍事用の衛星通信標準付き望遠レンズだってあるのに……」

「気の毒に尾多賀君。こうなったら、私が会計の裁量《さいりょう》で特別予算を出しますから」

涙目の重人を助川が慰める。

一方、部屋の中では。

カメラを蹴り上げてそれが戸棚に当たってガラスが割れると、怒りに我を忘れていた馨もさすがにまずいと思った。その一瞬の隙をつかれて、帝王に両手を掴まれる。

「離せよ！」

「暴れるな！　ガラスでお前の身体に傷が付くといけない」

その言葉に、頬を染めた馨の抵抗が止む。だからといって、意地になったこの気持ちは収まりがつかない。

「横暴だぞ！　結局どんな写真だって、俺が写っていれば、気に入らないクセして」

「当たり前だ。お前の写ってる写真を他人の手などに渡してたまるか！　写真の中だろうとなんだろうと、他の男に笑いかけるなんて許さない」

「このヤキモチ焼き！」

「そうしたのは誰だ？」

ケンカしていたはずなのに、言うことは次第に睦言《むつごと》めいた響きを持ちだして……。

「俺、まだ許してないんだからな」

「わかってる。いくらでも怒れ」

「あのな……」

こつんと額をぶつけ合って、交わす甘ったるいキスの合間に文句を言っても、それはもう言葉遊びでしかない。

ところがその二人の目の前にひらひらと、棚の上に置かれていたらしい、一枚の写真が床へと落ちる。

それを部室の外で見ていた重人が叫ぶ。

「ああ！　あれだけは売り物にしないで隠しておいた、馨ちゃんのセミヌードが！」

それをセミヌードというのは言い過ぎかもしれない。ジャケットを脱ぎ、シャツの前を開けた写真ではあったが。

「これは、どういうことだ。説明しろ！」

帝王の顔色がたちまち変わる。

「怒るなよ、帝王。シャツはだけてるだけじゃねぇか。男の裸なんて、おもしろくもなんともねぇし」

「他人に肌を見せるなどもっての他だ！　だいたいお前は隙がありすぎる！」

「なんだと！　俺が悪いって言うのか！」

「そうだ！」

「てめぇ！」

馨が殴りかかって、再び部室は戦場と化す。

「誰か止めてくれ〜〜」

重人の情けない声が響いた。

あとがき

初めまして、みさき志織《しおり》と申します。


この作品のプロトタイプができたのは、思い起こせば七年以上も前になるでしょうか？

当時の私はグリーンベレーとか対テロ部隊とか、やたら萌《も》えていたんですよね。

いや、今でもそうなんですが、あのやたら脱がしにくそうな編み上げの靴とか……攻めが受けの靴ひもを口で引っ張りながら脱がすのはサイコー！　……うぉっほん！　話が横道に逸《そ》れました。

それに当時バリバリのゲーマーだった私は、剣と魔法のロールプレイングゲームも大好きで、やっぱりお姫様と王子様だよねぇ～。と言いつつ。

ついでにやっぱりそれならボーイズなら学園もの。しかし、ただの学園ものでは面白くない！山とか海のそばとか、絶海の孤島（爆）とかも、もう書かれているよなぁ。なら……。

スペースコロニーがいいじゃん！　宇宙のど真ん中なんて、海の真ん中より、女子が入ってくる確率少ないぜ！　本当の男天国♥♥　↑当時、第二次だか第三次だかのガン○ムブームで、当然のごとく、ノリノリで萌えてましたよ。五人の少年に（笑）。

で……。

こんな珍妙《ちんみよう》な話ができ上がりました……。

話をネットの海の中に細々漂《ただよ》わせていたのも、七年前。期間はたぶん半年〜一年。訪ねて来る人もそう多くはない、閑散《かんさん》としたサイトで自然消滅したみたいな形になってました。

私でさえ、そんなはちゃめちゃな話。ある意味忘れ果てていたんですが……。

ある日、奇蹟《きせき》が起こったんです。

そうあれは、忘れもしない二年前の夏コミ。会場の空調なんか皆無に等しく《ひと》、汗はだらだら、誰もがだれている午後一時過ぎぐらいでしょうか。

「あの、みさきさんいらっしゃいますか？」

「あ、私がそうですが」

それが、今の私の担当さんとのファーストコンタクト。

「みさきさん『学園エンペラー』って作品書かれてませんでした？」

「あれですか。はい、確かに私が書きました」

ああ……そんな作品もあったよなぁと思いつつ、なんで知ってるの？　と怪訝《けげん》な私に、ナイアス女史（ちなみに私の友人の命名。なんでこんなナイスな横文字なのかは永遠の謎。あ、ちなみに女史は立派な日本人です）は。

「探していたんです！」

女史は消えたあの幻のサイトを探して、何度も機会を見て検索をかけてくれていた……との話にほだされて、私もPCの奥に眠っていた、このとんでも話を掘り起こし、七年前の稚拙《ちせつ》な自分の文体に悶絶しながら、なんとか推敲《すいこう》し直して。

こんな話になりました。

お楽しみ頂けたら幸いです。

サイトあります。アドレスはhttp://siorin.com/まったく不定期な、日記とはとても言えない妄想日記などを展開しています。よろしかったら、メールやWeb拍手などもありますので、ちょこっと感想をお寄せくださったりするとうれしいです。携帯からもアクセスできますので、こちらもよろしくです。

さて、ドキドキのデビュー作のうえ、攻めも受けも超高ビーというとんでもなさですが、作者の腰は異様に低く（笑）と心がけています。

願わくばこの作品を楽しまれ、これからもおつきあい下さることをお祈りして。

〜学園《がくえん》エンペラー〜

愛《あい》してみやがれ!!

プラチナ文庫をお買いあげいただき、ありがとうございます。
この作品を読んでのご意見・ご感想をお待ちしております。

★ファンレターの宛先★

〒112-0004　東京都文京区後楽 1-4-14
プランタン出版　プラチナ文庫編集部気付
みさき志織先生係 / 蔵王大志先生係

★読者レビュー大募集★

各作品のご感想をホームページ「@プラチナ」にて紹介しております。
メールはこちら→platinum-review@printemps.co.jp
プランタン出版HP http://www.printemps.co.jp

著者——みさき志織（みさき しおり）
挿絵——蔵王大志（ざおう たいし）
発行——プランタン出版
発売——フランス書院
〒112-0004　東京都文京区後楽 1-4-14
電話（代表）03-3818-2681
　　（編集）03-3818-3118
振替　00180-1-66771
印刷——誠宏印刷
製本——宮田製本

ISBN4-8296-2282-2 C0193

プラチナ文庫
Platinum Label

Hしたら、
運がよくなった!?

◆◆◆◆◆◆◆◆◆◆◆◆◆◆

きみに幸あれ!

～世界中の幸せが降りそそぎますように♥～

森本あき
イラスト／桃月はるか

◆◆◆◆◆◆◆◆◆◆◆◆◆◆

笹本に運命の相手だと言われ、イジワルな愛撫に翻弄された幸。逃げ出しても、とっても不運な幸はすぐに幸運な笹本につかまって、お仕置きされてしまい!?
幸運→不運の追いかけっこ♥

猊下《げいか》
――あなたが、欲しい

◆◆◆◆◆◆◆◆◆◆◆◆◆◆

灼熱のまなざしに射抜かれて

橘かおる
イラスト／亜樹良のりかず

◆◆◆◆◆◆◆◆◆◆◆◆◆◆

寝室に侵入した鷹塔に、貪るようにくちづけられ、一目惚れだと告げられた美貌の猊下ユサファ。初めて、聖なる血統ではなく自分自身を求められる幸せを感じて…。永遠の忠誠と愛♥

●好評発売中!●

プラチナ文庫
Platinum Label

じゃあ、さっそく
脱いでもらおうか

インモラルな契約

伊郷ルウ
イラスト／龍川和ト

「契約を交わした以上は、どこで抱こうが俺の勝手だろう?」自分の身体を報酬に、建築家の響誠に依頼を受けてもらった社長の北條。年下の男の淫らな手管に悶え、屈辱を感じるが…。

下から見上げる
支配者の傲慢な顔。

香港夜想曲

あすま理彩
イラスト／環レン

香港で静が挑発した男は、裏社会のトップ劉黎明だった。強引に組み敷かれ、か細く啼くよう強いられる。好きな男を守るため抱かれたものの、穿たれる楔の熱さに打ち震えるようになり…。

●好評発売中!●